"一带一路"沿线国家经典诗歌文库

（第一辑）

主编　赵振江

副主编　蒋朗朗　宁琦　张陵

巴基斯坦诗选

张嘉妹　张亚冰　等编译

作家出版社

译者张嘉妹

张嘉妹

一九七九年出生。

北京大学外国语学院南亚学系副教授，乌尔都语教研室主任。

发表有《印度中世纪宗教文化的特点及启示》《诗人阿米尔·霍斯陆刍议》等论文，出版译著《沿着亚历山大的足迹——印度西北考察记》。

译者张亚冰

张亚冰

一九八三年出生。

印度语言文学专业博士，北京大学外国语学院南亚学系教师。

研究方向为乌尔都语文学、南亚文化等，翻译多篇乌尔都语小说和诗歌作品，就乌尔都语进步文学、女性文学、现代文学等方面发表论文数篇。

译者李宗华

李宗华

一九三三年出生。

北京大学乌尔都语专业退休教师。

精通乌尔都语、英语、波斯语，曾在印度长期攻读乌尔都语与波斯语，从事乌尔都语文学方面研究。

曾参与《毛选》的乌尔都语翻译工作，参与《印度古代诗选》《印度古代文学史》《东方文学史》等书籍的编写，发表印度文学相关论文数篇。

译者刘晓辉

刘晓辉

一九六六年出生。

中国国际广播电台乌尔都语部副译审。

毕业于北京大学东语系乌尔都语专业。

曾赴巴基斯坦旁遮普大学东方学院乌尔都语系留学。

参与过《乌尔都语专用名词词典》《你好中国》等多部专业著作和影视作品的翻译工作。

译者薛晓云

薛晓云

一九八〇年出生。

北京大学印度语言文学专业硕士。

中国国际广播电台乌尔都语部副译审，曾任国际台驻巴基斯坦记者。

主编出版乌尔都语版《中国百科》，参与编撰《巴基斯坦——驶向蓝海的旗舰》等。

译者袁雨航

袁雨航

一九八九年出生。

北京外国语大学亚非学院乌尔都语教研室教师。

研究方向为乌尔都语文学、印度近现代民族主义文学。

译有《乌尔都语民间故事集：鹦鹉故事、僵尸鬼故事》等。

译者李方达

李方达

一九九〇年出生。

北京大学乌尔都语语言文学学士学位。

广东外语外贸大学乌尔都语专业教师。

曾获英国华威大学管理学硕士学位。

目　录

总序 / 1

前言 / 1

阿米尔·胡斯鲁

　　悼外祖父（节选）/ 2

　　悼亡母、亡弟（节选）/ 3

　　敬师（节选）/ 5

　　颂王（节选）/ 6

　　苏菲神秘主义诗歌选译两首 / 7

　　抒情诗选译两首 / 9

　　哲理诗选译两首 / 11

瓦利·穆罕默德

　　诗歌选译十二首 / 13

米尔扎·穆罕默德·勒菲·索达

　　讽刺一位庸医高斯（节选）/ 23

密尔·特基·密尔

　　诗歌选译十八首 / 31

纳吉尔·阿克巴·阿巴迪

　　致人民 / 44

　　致旅人 / 46

　　春天 / 48

　　贫苦 / 49

谢赫·穆罕默德·易卜拉欣·绍格

　　诗歌选译八首 / 52

米尔扎·迦利布

　　诗歌选译十首 / 59

莫明·汗·莫明

　　诗歌选译五首 / 63

赫瓦加·阿尔塔夫·侯赛因·哈利

　　伊斯兰的兴衰（节选） / 71

穆罕默德·伊克巴尔

　　诗歌选译七首 / 82

乔什·马利哈巴迪

　　诗歌选译两首 / 86

费兹·艾哈迈德·费兹

　　形状 / 92

　　爱人啊，我再不能付你如初的爱情 / 93

　　独 / 94

　　发声 / 95

　　笔墨 / 96

　　思念 / 97

　　铁窗 / 98

　　自达卡归来 / 99

　　游子沉吟 / 100

艾哈迈德·纳迪姆·卡斯米

　　片刻 / 102

　　相识 / 103

　　旅行 / 104

　　哀歌 / 105

　　血 / 106

　　一阵尖叫 / 108

　　核战后的一幅景象 / 109

诗歌 / 110

生命之谜 / 111

沉思 / 112

魔幻夜晚 / 113

陪伴 / 114

译后记 / 115

总跋 / 119

总　序

　　二〇一三年秋，习近平主席先后提出建设"丝绸之路经济带"和"二十一世纪海上丝绸之路"（简称"一带一路"）的倡议。"一带一路"一经提出，便在国外引起强烈反响，受到沿线绝大多数国家的热烈欢迎。如今，它已经成了我们在政治、经济和文化生活中最具活力的词汇。"一带一路"早已不是单纯的地理和经贸概念，而是沿线各国人民继往开来、求同存异、构建人类命运共同体的幸福路、光明路。正如一首题为《路的呼唤》[1]的歌中所唱的：

　　　　……

　　　　有一条路在呼唤

　　　　带着心穿越万水千山

　　　　千丝万缕一脉相传

　　　　注定了你我相见的今天

　　　　这一条路在呼唤

　　　　每颗心都是远洋的船

　　　　梦早已把船舱装满

　　　　爱是我们共同的家园

　　　　……

　　习主席关于构建人类"政治互信、经济融合、文化包容的利益共同体、命运共同体和责任共同体"的主张是人心所向，众望所归。联合国将"构

---

1 《路的呼唤》：中央电视台特别节目《一带一路》主题曲，梁芒作词，孟文豪谱曲，韩磊演唱。

建人类命运共同体"写入大会决议，来自一百三十多个国家的约一千五百名贵宾出席二〇一七年五月十四日在北京举行的"一带一路"国际合作高峰论坛，就是最有力的证明。

在国与国之间，政治互信、经济融合、文化包容的基础在民心，而民心相通的前提是相互了解和信任。正是出于这样的理念，我们决定编选、翻译和出版这套"'一带一路'沿线国家经典诗歌文库"，因为诗歌是"言志"和"抒情"最直接、最生动、最具活力的文学形式，诗歌最能反映大众心理、时代气息和社会风貌。"'一带一路'沿线国家经典诗歌文库"是加强沿线各国人民之间相互了解和信任的桥梁。

"'一带一路'沿线国家经典诗歌文库"的创意最初是由作家出版社前总编辑张陵和中国诗歌学会会长骆英在北京大学诗歌研究院院会提出的。他们的创意立即得到了谢冕院长和该院研究员们的一致赞同。但令人遗憾的是，在本校的研究员中只有在下一人是外语系（西班牙语）出身，因此，他们就不约而同地把这套书的主编安在了我的头上。殊不知在传统的"一带一路"沿线国家中，没有一个是讲西班牙语的。可人家说："一带一路"是开放的，当年"海上丝绸之路"到了菲律宾，大帆船贸易不就是通过马尼拉到了墨西哥吗？再说，巴西、智利、阿根廷三国的总统不是都来参加"一带一路"国际合作高峰论坛了吗？怎么能说"一带一路"和西班牙语国家没关系呢？我无言以对。

古丝绸之路是指张骞（前一六四年至前一一四年）出使西域时开辟的东起长安，经中亚、西亚诸国，西到罗马的通商之路。二〇一三年九月七日，习近平主席在哈萨克斯坦纳扎尔巴耶夫大学演讲时，提出共建"丝绸之路经济带"的主张，赋予了这条通衢古道以全新的含义，使欧亚各国的经济联系更加紧密、相互合作更加深入、发展空间更加广阔，从而造福沿途各国人民。至于古老的"海上丝绸之路"，自秦汉时期开通以来，一直是沟通东西方经济和文化交流的重要渠道，尤其是东南亚地区，自古就是"海上丝绸之路"的重要枢纽。习主席建设"二十一世纪海上丝绸之路"的构想使其在新的历史起点上，有了更加重要而又深远的意义。

"一带一路"沿线国家主要包括西亚十八国（伊朗、伊拉克、格鲁吉亚、亚美尼亚、阿塞拜疆、土耳其、叙利亚、约旦、以色列、巴勒斯坦、沙特阿拉伯、巴林、卡塔尔、也门、阿曼、阿拉伯联合酋长国、科威特、黎巴嫩），中亚六国（哈萨克斯坦、土库曼斯坦、吉尔吉斯斯坦、乌兹别克斯坦、塔吉克斯坦、阿富汗），南亚八国（尼泊尔、不丹、印度、巴基斯坦、孟加拉国、斯里兰卡、马尔代夫、阿富汗），东南亚十一国（印度尼西亚、马来西亚、菲律宾、新加坡、泰国、文莱、越南、老挝、缅甸、柬埔寨、东帝汶），中东欧十六国（阿尔巴尼亚、波斯尼亚和黑塞哥维那、保加利亚、克罗地亚、捷克、爱沙尼亚、匈牙利、拉脱维亚、立陶宛、马其顿、黑山、罗马尼亚、波兰、塞尔维亚、斯洛伐克、斯洛文尼亚）。独联体四国（俄罗斯、白俄罗斯、乌克兰、摩尔多瓦），再加上蒙古和埃及等。

从上述名单中不难看出，"一带一路"沿线国家多为文明古国，在历史上创造了形态不同、风格各异的灿烂文化，是人类文明宝库重要的组成部分。诗歌是文学的桂冠，是文学之魂。文明古国大都有其丰厚的诗歌资源，尤其是经典诗歌，凝聚着国家和民族的精神和理想。各国之间的文化交流与经贸往来，既相互交融又相互促进，可以深化区域合作，实现共同发展，使优秀文化共享成为相关国家互利共赢的有力支撑，从而为实现习主席构建人类命运共同体的伟大目标打下坚实的文化基础。

"一带一路"沿线国家多是发展中国家。长期以来，我们一直比较重视对欧美发达国家诗歌的译介，在"经济一体、文化多元"的今天，正好利用这难得的契机，将这些"被边缘化"国家的传统文化和民族精神纳入"一带一路"的建设，充分发掘它们深厚的文化底蕴，让它们的古老文明在当代世界发挥积极作用，使"文库"成为具有亲和力和感召力的文化桥梁。

"一带一路"沿线国家又多是中小国家。它们的语言多是非通用的"小语种"，我国在这方面的人才储备相对稀缺，学科建设相对薄弱；长期以来，对这些国家的文学作品缺乏系统性的译介和研究。从这个意义上说，"文库"的出版具有填补空白的性质，不仅能使我们了解这些国家的诗歌，也使相关的学科建设和学术研究有了新的生长点。

"'一带一路'沿线国家经典诗歌文库"的现实意义和深远影响已经很清楚了，但同样清楚的是其编选和翻译的难度。其难点有三：一是规模庞大，每个国家一卷，也要六十多卷，有的国家，如俄罗斯、印度，还不止一卷；二是情况不明，对其中某些国家的诗歌不是一无所知也是知之甚少，国内几乎从未译介过，如尼泊尔、文莱、斯里兰卡等国；三是语言繁多，有些只能借助英语或其他通用语言。然而困难再多，编委会也不能降低标准：一是尽可能从原文直接翻译，二是力争完整地呈现一个国家或地区整体的诗歌面貌。

总之，"文库"的规模是宏大的，任务是艰巨的，标准是严格的。如何完成？有信心吗？答案是肯定的。信心从何而来呢？我们有译者队伍和编辑力量做保证。

"'一带一路'沿线国家经典诗歌文库"的编译出版由北京大学外国语学院和中国作家出版社联袂承担，可谓珠联璧合，阵容强大。

北京大学外国语学院是国内外国语言文学界人才荟萃之地，文学翻译和研究的传统源远流长。北大外院的前身可以追溯到京师同文馆（一八六二年）和京师大学堂（一八九八年）。一九一九年北京大学废门改系，在十三个系中，外国文学系有三个，即英国文学系、法国文学系、德国文学系。一九二〇年，俄国文学系成立。一九二四年，北京大学又设东方文学系（其实只有日文专业）。新中国成立后，东语系发展迅速，教师和学生人数都有大幅度增长。一九四九年六月，南京东方语言专科学校和中央大学边政学系的教师并入东语系。到一九五二年京津高校院系调整前，东语系已有十二个招生语种、五十名教师、大约五百名在校学生，成为北大最大的系。

一九五二年院系调整时，重新组建西方语言文学系、俄罗斯语言文学系和东方语言文学系。其中西方语言文学系包括英、德、法三个语种，共有教师九十五人，分别来自北大、清华、燕大、辅仁、师大等高校（一九六〇年又增设西班牙语专业）；俄罗斯语言文学系共有教师二十二人，分别来自北大、清华、燕大等高校；东方语言文学系则将原有的西藏语、维吾尔语、西南少数民族语文调整到中央民族学院，保留蒙、朝、日、越、暹罗、印尼、缅甸、印地、阿拉伯等语言，共有教师四十二人。

北京大学外国语学院于一九九九年六月由英语系、西语系、俄语系和东语系组建而成，下设十五个系所，包括英语、俄语、法语、德语、西班牙语、葡萄牙语、日语、阿拉伯语、蒙古语、朝鲜语、越南语、泰国语、缅甸语、印尼语、菲律宾语、印地语、梵巴语、乌尔都语、波斯语、希伯来语等二十个招生语种。除招生语种外，学院还拥有近四十种用于教学和研究的语言资源，如意大利语、马来语、孟加拉语、土耳其语、豪萨语、斯瓦西里语、伊博语、阿姆哈拉语、乌克兰语、亚美尼亚语、格鲁吉亚语、阿塞拜疆语等现代语言，拉丁语、阿卡德语、阿拉米语、古冰岛语、古叙利亚语、圣经希伯来语、中古波斯语（巴列维语）、苏美尔语、赫梯语、吐火罗语、于阗语、古俄语等古代语言，藏语、蒙语、满语等少数民族及跨境语言。学院设有一个一级学科博士点、十个二级学科博士点和一个博士后流动站，为北京市唯一外国语言文学重点一级学科。学院师资力量雄厚：全院共有教师二百一十二名，其中教授六十名、副教授八十九名、助理教授十六名、讲师四十七名，拥有博士学位的教师一百六十三人，占教师总数的百分之七十七。

从以上的介绍不难看出，北京大学外国语学院的语言教学和科研涵盖了"一带一路"的大部分国家，拥有一批卓有成就的资深翻译家和崭露头角的青年才俊，能胜任"文库"的大部分翻译工作。至于一些北大没有的"小语种"国家，如某些中东欧国家，我们邀请了高兴（罗马尼亚语）、陈九瑛（保加利亚语）、林洪亮（波兰语）、冯植生（匈牙利语）、郑恩波（阿尔巴尼亚语）等多名社科院外文所和兄弟院校的专家承担了相应的翻译工作，在此谨对他们表示诚挚的敬意和衷心的感谢。

有好的翻译，还要有好的编辑。承担"'一带一路'沿线国家经典诗歌文库"编辑出版任务的作家出版社是国家级大型文学出版社，建社六十多年来出版了大量高品质的文学作品，积累了宝贵的资源和丰富的经验。尤其要指出的是，社领导对"文库"高度重视，总编辑黄宾堂、前总编辑张陵、资深编审张懿翎自始至终亲自参与了所有关于"文库"的工作会议，和北大诗歌研究院、北大外国语学院的领导一起，精心策划，全力以赴，保证了"文库"顺利面世。

最后还要说明的是，"'一带一路'沿线国家经典诗歌文库"得到了北大校领导的大力支持。"文库"第一批图书的出版恰逢北京大学建校一百二十周年（一八九八年至二〇一八年），编委会提出将这套图书作为对校庆的献礼。校领导欣然接受了编委会的建议，并在各方面给予了大力支持，校党委宣传部部长蒋朗朗同志从始至终参与了"文库"的策划和领导工作。至于北京大学外国语学院的领导更是责无旁贷地承担了全部翻译工作的设计、组织和落实。没有他们无私忘我、认真负责的担当，完成这样艰巨的任务是不可能的。

"'一带一路'沿线国家经典诗歌文库"第一批诗作即将出版，这只是第一步，更艰巨的工作还在后头；更何况随着时间的推移，"一带一路"的外延会进一步扩展，"文库"的工作量和难度也会越来越大。但无论如何，有了这样的积累，我们完全有理由相信，"'一带一路'沿线国家经典诗歌文库"会越来越好。为了实现这样的目标，我们期待着领导、业内同仁和广大读者的批评指教。

赵振江
二〇一七年秋于北京大学蓝旗营寓所

前　言

　　乌尔都语（Urdu）属印欧语系印度－伊朗语族，是南亚次大陆的重要语言，现为巴基斯坦国语[1]，印度宪法承认的重要语言之一。

　　乌尔都语产生于八世纪至十一世纪之间，与穆斯林进入印度次大陆息息相关。据记载，七世纪末，已有阿拉伯穆斯林通过海路到达印度次大陆信德地区。八世纪后，阿拉伯穆斯林、波斯帝王等不断迁徙来到印度并建立政权。外来者带来了阿拉伯语、波斯语、突厥语[2]等。在交流过程中，这些语言和北印度的民间俗语相结合，形成了早期乌尔都语雏形。

　　十一世纪至十四世纪之间，在伊斯兰帝国的不断建设中，波斯语、突厥语和阿拉伯语的大批词汇通过德里的军营和市场与当地俗语不断结合，逐渐形成了一种混合语。这种早期混合语以阿拉伯语、波斯语字体为基础，增加一些拼读印度本土特殊读音的字母，对当地语言进行了转写。同时，致力于宣扬伊斯兰教的苏菲传教士，使用这种民间语言与当地人民进行交流，并且编写了许多民谣和小故事来宣扬宗教思想，推动了早期乌尔都语由口语向文学语言转化的过程。但由于当时官方语言是波斯语，宗教语言是阿拉伯语，乌尔都语的发展略显缓慢。直到十九世纪，乌尔都语被正式文学语言化，并最终获得乌尔都语这一名称。同时乌尔都语与印地语等被合称为印度斯坦语，成为北印度重要的民间交际用语。

　　十九世纪后，通过威廉堡学院的教学与传播，以及赛义德运动的教化，乌尔都语进入现代发展时期。一九四七年印巴分治后，乌尔都语成为巴基斯坦的主要语言，而印地语成为印度的重要语言。目前（二〇一一年），仅在巴基斯坦和印度的乌尔都语使用者就超过一亿人。在巴基斯坦，

1　国语：即 national language，指一个国家官方或法律所指定的最具有代表性的或广泛使用和推广的语言。

2　一说为察合台语。

乌尔都语作为国语和官方语言之一（另一为英语），并且是指定的教育语言之一，以旁遮普语、信德语、普什图语、克什米尔语、俾路支语等为母语的使用者都能熟练使用乌尔都语。在印度，乌尔都语是印度宪法中规定的官方语言之一，也是六个邦的邦级官方语言，尤其在北部和中部地区普遍流行。此外在孟加拉、阿富汗、尼泊尔、卡塔尔、英国、美国、加拿大、南非和中东等多个国家和地区也有不少人使用乌尔都语。

随着乌尔都语语言的产生和发展，乌尔都语文学产生并发展的时期正值印度文学经历古代的吠陀时期、史诗时期和古典梵语文学时期进入各种方言文学的时期。印度几千年来独特的多语言、多宗教、多文化和多民族环境构造了多语言文学并存的特殊现象。由此，梵语、印地语、孟加拉语、乌尔都语、旁遮普语等各语言文学虽然产生于相近的土地，但基于不同的历史文化特点，具有不尽相同的文化内核。乌尔都语文学的发展基础，主要来自两个基本潮流：波斯古典诗歌的丰富遗产和印度民间口头文学的珍贵遗产。跨越这两者的文化差异并使其相结合成为乌尔都语文学的一大特点。乌尔都语文学以一种崭新、独特的存在，成为南亚次大陆文学的重要组成部分。

乌尔都语诗歌则是乌尔都语文学中最具代表性的文学体裁。自乌尔都语出现到十九世纪以前的近九百年间，诗歌几乎是乌尔都语文学的唯一模式。乌尔都语的成型和发展时期，正值波斯文学兴起、发展和繁荣的黄金时代。诗人们普遍仿效波斯流行的各种文学流派，广泛采用波斯诗歌的古典韵律、题材、主题和形式进行创作，甚至许多就是波斯诗歌的翻译或改写。因此乌尔都语诗歌借鉴了波斯诗歌的代表样式，经过自我改良，发展出抒情诗、叙事诗、颂诗、讽刺诗、悼亡诗、自由诗等多种代表形式。

抒情诗是乌尔都语文学借鉴波斯诗歌形式，并自我发展的重要诗歌形式之一。此名为专有名词，原为"同女人谈话"，主题多为抒发爱情，故被译为"抒情诗"或也可称"爱情诗"。抒情诗对诗歌形式的要求十分严格。一般两句为一联，首联两句押同一尾韵重复词，全诗每联的下句也要押与首联相同的同尾韵重复词。在尾联中，还需要出现诗人的笔名。全诗内容可不连贯，每联诗可自成一体，蕴含完整的含义或场景。全诗格律统一，意象或场景多取自大自然，多因袭传统。诗的主题可抒发爱情，也可阐述爱与美、生与死以及苏菲主义等。

与抒情诗相比，叙事诗对格律的要求较为宽松，仅要求每联两句押尾音韵，全诗不必押同一尾音韵，但在内容上要保持情节的连贯和完整。叙事诗适于描绘和叙述，常用于创作英雄历险、恋爱传奇、史诗等富有浪漫主义性质的长诗。二十世纪初，受西方文学思想的影响，叙事诗又演变出"自由诗"或称为"自由体叙事诗"的形式，顾名思义仍属于叙事诗，但进一步降低了对格律的要求，甚至可以不押韵，但全诗仍然需贯穿同一个主题，可以用于描述具体人物和事件，也可用以抒情。

颂诗主要用作对先知和圣贤的赞美，也用作对王公贵族的颂扬。一般都使用雄浑的韵律、高亢的词汇和夸张的修辞手法。颂诗最短是十五联，首联押尾韵重复词。整首诗押同一格律。全诗一般分为序诗、引诗、赞诗、献词和祝福。颂诗还因其序诗和引诗中，通常描述当时的社会生活以及部落或家族历史等，具有某种历史资料的价值。正所谓有赞美就有讽刺，讽刺诗也是由颂诗的格式发展而来的，用来讽刺人物或讲述历史事件。

悼亡诗也称挽诗，实质也是抒情诗的一种，诗体韵律格式与抒情诗基本一致。风格一般简洁流畅，哀婉感人。发展到十八世纪中叶后，伊斯兰教什叶派贵族在勒克瑙兴起用挽诗悼念什叶派的创始人——先知的外孙侯赛因蒙难这一悲剧。自此，悼念侯赛因就成了挽诗的专有主题。

就乌尔都语诗歌的发展而言，大致可分为古典诗歌和现代诗歌两个阶段。

一、古典诗歌时期（十一世纪至十九世纪）

（一）肇端——混合语时期（十一世纪至十四世纪）

随着穆斯林在内陆的扩张，建立在北方各地的伊斯兰苏丹王国政权逐渐稳固，一大批伊斯兰教学者和苏菲学者，为了能够便于向当地居民宣讲伊斯兰教教义，在宣讲和布道时，除了使用必要的阿拉伯语、波斯语、突厥语等的宗教和哲学词汇外，尽可能多地使用当地的方言。他们大量采用文学形式作为宣讲手段，就地取材，将印度神话、民间故事、歌谣等赋予了波斯内容和色调，演变成为一些新的诗体和乐曲，并且将这些文学形式的口头布道，手抄成小册子广为散发。这些伊斯兰教学者和苏菲主义学者，成了乌尔都语最早的诗人，他们的诗歌就成了最早期的混合语文学，即印度北部、西北部或中部的地方方言与波斯语、阿拉伯语或突厥语相混杂的诗歌。这些受苏菲主义影响的混合语诗歌，既阐释宗教哲理和教诲，也反映了印度的社会特色和民间特色。

（二）初步发展 ——德干时期（十五世纪初至十七世纪末）

穆斯林在德里建立王国后，逐渐向南推进，后占领德干，由此早期乌尔都语也传播到了德干地区。一三二七年前后，穆斯林巴赫马尼亚王朝帝都从德里迁到德干，德里居民以及苏菲学者随之迁至德干，而德干的官方用语从德里使用的波斯语改为当地使用的德干乌尔都语。由此，乌尔都语和乌尔都语文学在德干开始了第一个发展时期。这一时期的抒情诗和叙事诗，多借鉴波斯叙事诗名篇为样本，按其格式书写乌尔都语诗歌，事实上很多是将波斯语作品翻译为德干乌尔都语，因此在叙事诗的创作中大量使用波斯语词汇、结构，以及修辞方法等。

（三）进一步发展——北印度时期（十八世纪至十九世纪）

具体可分为德里第一时期、勒克瑙时期和德里诗派的复兴三个阶段。经过这一时期，乌尔都语成为真正的文学语言。

第一个德里时期涌现了众多优秀的诗人。诗歌风格在注意修辞、韵律、结构等艺术技巧和风格的基础上，开始拓展新颖的思想内容和意象，追随简朴自然、诚朴直率之风。诗歌的语言渐显通俗，印度语词汇数量增加。总的来说，诗歌充满激情，注重技巧，重视内容，并主张内容的纯净和流畅。但德里文学的发展一度停滞。虽然莫卧儿帝国的衰落所带来的波斯语地位的下降给乌尔都语语言文学在德里带来了发展的契机，但王朝四分五裂之时，外部入侵所带来的灾难使德里这个文化中心被迫瓦解，尤其是一七三八年波斯帝国皇帝那迪尔·夏赫对德里的血洗，以及一七四八年阿富汗氏族首领阿卜达利的再次侵犯，使德里失去了往日的荣光，文人墨客不得不逃往勒克瑙。由此形成了乌尔都语诗歌勒克瑙学派，乌尔都语诗歌发展的勒克瑙时期（十八世纪中期到十九世纪初期）开始。

勒克瑙时期初期，由于奥德王国宫廷对诗歌的影响，诗风一改德里诗派对诗歌内容的关注和对语言简单明快的追求，显出低级和庸俗之感。但这一阶段很快遭到了社会的淘汰。此后勒克瑙乌尔都语诗歌的全盛时期，重点表现在叙事诗和悼亡诗创作中。如一些叙事诗详细勾画了当时栩栩如生的社会生活画面，有助于了解到那时的风俗习惯、服装饮食、装饰品、集市、婚嫁等多方面的情况。但发展到勒克瑙时期后期，文学形式主义盛行，矫揉造作严重，常以爱情和色情为主题创作一些带有庸俗和低级趣味的艳情诗，难以反映和跟上时代和社会的发展。

几乎同一时期，在文化中心地位遭受重创，诸多有影响力的文人离开之后，德里诗坛沉寂了一段时间，但其诗歌传统并未中断。德里社会局势稳定后，德里诗派部分抛弃了勒克瑙诗派的风格，完善和改革德里的日常生活用语和习语，使语言更为洗练、简洁，同时进一步发展明喻和隐喻等艺术手法。此时的乌尔都文学语言已成熟和定型。由此，带来了乌尔都语德里诗派的复兴。

但需要认识到的是，十九世纪后，印度社会处于新旧交替、比较复杂的历史时期，此时的乌尔都语诗歌和诗人，面对时代的变革，接触到英国带来的西方文化及新的价值观，但是尚未充分感受到西方文化对印度传统文化的冲击力。大部分诗人的生活方式和创作活动基本上仍保持着以莫卧儿文化为代表的封建文化传统，可以被认为是维持旧秩序的最后一代诗人。如以迦利布和莫明为代表的古典派，对勒克瑙诗派的审美观有所突破，试图在继承德里诗派原有风格的基础上，表现出具有独特个性或特性的风格。但另一方面，这一时期以纳吉尔·阿克巴·阿巴迪为代表的无派别诗人非常值得一提，具有一定的现代诗歌意识萌芽。他的诗歌富有民主意识和人道主义思想，开创了乌尔都语古典诗歌的新风尚，他也是古典诗歌向现代诗歌发展的先锋诗人代表。诗人将自己独立于德里和勒克瑙诗派之外，不与任何诗人社团建立联系，不接受王朝统治阶级和王公贵族的资助，创作的诗歌也超脱了传统规范，甚至不受诗韵格律的严格约束，是以现实为基础的创作。其诗风辛辣质朴、简洁有力，深入人民。他被认为是印度乌尔都语的第一位民族诗人，也称人民诗人。

总的来说，从乌尔都语出现到十九世纪的近九百年间，乌尔都语诗歌仿效波斯流行的各种文学流派，广泛采用波斯语诗歌的古典韵律、题材、主题和形式进行创作。诗人们将他们熟悉的波斯地理、历史、神话等方面的词汇以及主题、形式、韵律、意象等移植到乌尔都语诗歌中来。随着穆斯林在印度次大陆建立了长达数百年的统治，伊斯兰教在南亚的影响不断深化，不少乌尔都语诗歌，程度不同地带有一定宗教色彩。同时，苏菲诗人将很多印度本土诗歌和民谣结合伊斯兰教思想进行广泛传播。因此，乌尔都语古典诗歌呈现出波斯风格、印度内涵和伊斯兰教思想相结合的特殊形态。

二、近现代诗歌时期（十九世纪至今）

如前所述，十九世纪后，印度社会处于新旧交替、比较复杂的历史时期。社会的基本矛盾和主要矛盾发生了深刻的变化。人民群众与封建统治阶级之间的矛盾虽然还继续加深，但是印度社会的主要矛盾已开始转化为印度各民族人民与英国殖民当局的矛盾。一八〇二年，英国殖民当局以胜利者的姿态进入德里，早已名存实亡的莫卧儿王朝，出于某些政治因素的需要，被允许继续存留了半个世纪，社会发展停滞不前。英国殖民当局为了在印度维持统治秩序，在加尔各答建立威廉堡学院以培训英国驻印官员掌握当地语言，大量乌尔都语现代科学著作、文学作品问世，英国带来的西方文化教育的影响开始不断扩大。与此同时，穆斯林学界的上层人士，希望涤除穆斯林内部的各种弊端，试图给伊斯兰注入新的生命，以适应时代的要求。总的来说，十九世纪后，印度社会在多重冲击下濒临崩溃，人们面临着西方文化的入侵和新的价值观的形成。当传统文化无法继承下去时，人们不得不开辟新的天地。

因此反映到文学中，整个十九世纪几乎就是乌尔都语文学由古典向现代的转变时期。这是一个承前启后的阶段，既承接了古典时期的文学特点，又酝酿出新时代的特点。这一时期的基础和表现就是赛义德运动的兴起。由穆斯林学者赛义德·艾哈迈德·汗发起的穆斯林文化启蒙运动（简称为赛义德运动）奠定了乌尔都语现代文学的基础和开端。由于认识到穆斯林落后的根本原因是现代文化的缺乏，赛义德运动促进了现代教育、学术和文学的发展。特别是《道德修养》杂志中刊登的乌尔都语文章，一改华而不实的文风，就具体社会现象，进行有针对性的抨击，希望改变穆斯林业已陈旧的思想和狭隘的观点，提倡客观全面地思考问题，理智地解决个人和时代问题。从文学领域来看，赛义德启蒙运动强调、突出文学具有的教育意义、社会意义和现实意义，开辟了文学发展的新方向，因此被认为是乌尔都语文学史古代和近代的分水岭。

由此，二十世纪初，乌尔都语诗歌的新形态与新思想不断出现，现代诗歌开始集中关注人民和社会，民族主义精神持续高涨。乌尔都语诗歌汲取了西方文学的人道主义、独立、自由、平等等思想。新的诗歌形式，如自由韵诗、无韵诗等不断出现，活跃了乌尔都语诗坛。同时，除了新形式

6

的出现，新思想的迸发尤为重要。新诗派的代表赫瓦加·阿尔塔夫·侯赛因·哈利，认为写诗的目的就是为了改造社会，促进本民族的繁荣，主张用自然淳朴的风格取代晦涩的文风，破旧立新。他的诗歌深受新思潮的影响，使诗歌的题材扩展到道德观念和民族问题，是乌尔都语诗歌中民族色彩浓厚的诗歌典范。此外，受到哈利诗歌影响的民族主义诗人、哲学诗人穆罕默德·伊克巴尔也是二十世纪上半叶印度次大陆最著名的哲学家和社会活动家。他的诗歌是穆斯林在民族独立斗争中的号角和旗帜，他的哲学思想和世界观，反映了殖民地国家在意识形态发展上不可避免的、民族觉醒的阶段，他的思想和著作被认为是穆斯林觉醒的象征。

　　二十世纪三十年代开始，乌尔都语现代诗歌发展到了一个新阶段，具体表现为现实主义与进步文学独占鳌头，以及此后长达几十年长盛不衰，此时诗歌的内容和形式也有了较大变化。乌尔都语作家是进步文学运动的主要发起人和倡导者。进步文学运动的最大特点是要坚持现实主义创作，并争取使文学作品推动社会发展，成为反帝反封建的手段和武器。而进步文学关注的对象是受压迫的工人、农民等无产阶级，以及低种姓等生活在社会底层的劳动人民。二十世纪三十年代后新一代的诗人费兹·艾哈迈德·费兹曾说过："艺术上的美和有益于社会，这两者是诗歌的存在价值。所以一首好诗，不仅要在艺术上经得起推敲，而且在现实生活中，也应该如此。"新一代诗人将反映社会现实、暴露社会不公作为自己的理想。他们创作的诗歌高度关注了劳动人民、工人、农民等被剥削阶层的苦痛。

　　这一时期，乌尔都语文学中的一个特殊现象也值得特别提及，即一九四七年印巴分治的悲剧引发的文学现象，后称"伤痕文学"。一九四七年分治后，失败受挫的绝望情绪笼罩着印度、巴基斯坦以及整个印度次大陆。在追求民族独立的战斗后，人们渴望的独立、欢乐和幸福并未如期而至。与之相反黑暗笼罩了光明。战争使人们流离失所，妻离子散。以此为主题的大量乌尔都语诗歌充分反映了这一悲剧。

　　此后，乌尔都语现代诗歌进入多样化发展时期。印巴分治后，随着人员流动，新社会兴起，新问题产生，文艺思潮百花齐放，乌尔都语诗歌呈现多样化的丰富发展状态，现代主义诗歌生机盎然。改良主义、人道主义、马克思主义等各种思想观念和意识形态，詹姆斯的意识流或主观生活之流，柏格森生命冲动论的直觉主义和心理主义，弗洛伊德的精神分析论，殖民主义和后殖民主义的发展，女性主义的兴起及甚嚣尘上，等等。

西方文艺思潮的不断渗入，引发价值观和审美情趣持续发生着深刻的变化，各类文学思潮竞相传播，并存着，也激烈搏斗着。进入二十一世纪，9·11事件后，巴基斯坦作为反恐重地和前沿阵线，在反恐战争中的身份、国民地位的变化、被世界看待的眼光，等等，又为乌尔都语诗歌带来了新的主题。

时至今日，拥有近千年历史的乌尔都语诗歌仍是一个发掘尚浅的宝库。本书中选取的乌尔都语诗人和诗歌作品均是乌尔都语诗歌历史中一些佼佼者的代表作。他们的诗歌创作代表了不同时期乌尔都语诗歌的鲜明特色，也充分反映了不同时代的社会风貌。

张亚冰

阿米尔·胡斯鲁
（一二五三年至一三二五年）

原名哈森·耶敏努丁·胡斯鲁，出生在印度德里附近帕蒂亚利（即阿格拉）的一个突厥族移民家庭。十三世纪，在成吉思汗进犯中亚时期，他父亲阿米尔·赛夫丁·萨姆西随部族离开中亚河中地区，南迁来印度。当时正是苏丹伊勒图米什统治时期，据推测，阿米尔·赛夫丁成为一名将领效力朝廷，在朝中占有着举足轻重的地位。胡斯鲁的母亲佐利哈出身贵族家庭，是先期定居印度的土邦王宫——巴尔班的军事大臣拉瓦德·阿尔兹之女。胡斯鲁家中兄弟三人，他是次子。自幼师从哈迦·赛杜丁学习书法，并在八岁时拜苏菲圣哲谢赫·尼扎姆丁·奥利亚（一二三八年至一三二五年）为师，在导师的鼓励下，很早开始尝试诗歌创作。胡斯鲁在早期创作中大多采用了苏尔坦尼的笔名。阿米尔·胡斯鲁历经穆斯林在印度次大陆建立的德里苏丹国的三个朝代，见证了八位君主的当朝执政，是印度中世纪杰出诗人、音乐家、语言学家、史学家、苏菲派哲人，才华横溢的宫廷御用文人。他在文学、文化等诸多领域表现出色，为印度次大陆语言文学的发展做出了里程碑式的贡献，给南亚伊斯兰文化留下了无价瑰宝，为了解十三、十四世纪南亚次大陆文化提供了宝贵的资料与线索。

悼外祖父（节选）

哦，智慧的谋士！
王者苏丹也为你的离去哀伤哭泣；
哦，贤明的圣哲！
诗歌不足以表达万分的悲痛。
悲伤充斥了皇宫的每个角落，
那支撑天庭的立柱，
也失去了往昔的力量……
穆斯林贵族将头巾系到腰间，
用相似的方式，
与印度教的婆罗门一起，
在肆意弥漫的悲哀中，
低声抽泣，寄托哀思！

（张嘉妹　译）

悼亡母、亡弟（节选）

今昔[1]，

两颗星从我的空中陨落；

妈妈与弟弟都离我而去。

你在哪？哦，我亲爱的妈妈，

为什么我的双眼再也看不到你？

当我流泪的时候，

请再一次赐予我爱的力量吧！

带着你永恒的微笑走出坟墓。

在逝去的日子里，

我像你的爱一样孤独地活着，

如今我对自己的行为懊悔不已，

可我如何再向您祈求宽恕？

一个沉浸在幸福中的人，

不知福所在，

当幸福抽身离去的时候，

任凭你焦灼忧虑，

也无法将她找回！

当您活着的时候，

您的忠告是我生命的支柱；

——而今，您的沉默继续赐予我灵感……

随您而去的，

还有您的儿子，我的弟弟。

他完成了一个勇士的使命，

授予他的利剑就是最有力的证明。

1　今昔：伊历六九七年。

他在战场上冲锋陷阵，

如父亲般勇猛无敌。

他不似我事事无争，

拖着断剑徘徊在后。

然而，现在，

没有了战友和朋友的陪伴，

你将如何在寂寞的坟墓里度日？

哦，让我再看你一眼！

请不要转过头去。

醒来吧，醒来吧！

你已沉睡得太久。

如若我的凡眼捕捉不到圣洁的你，

那么，就请与我在梦幻中相聚！

（张嘉妹　译）

敬　师（节选）

您手捧盛满博爱的酒杯，
时刻聆听来自使者的信息。
您对"人主合一"的孜孜探求，
让您距真主的世界只有一步之遥。
法利德的玫瑰花园是您一手打造，
您以"奠基者"的称号而闻名于世。
命运之神在铭刻神圣灵魂的名单时，
将您的名字牢牢记下……
那些为追求神圣的爱而疯狂的人，
在您的话语中得到安宁。
胡斯鲁之所以能得永生，
是因为，
他是您最最忠诚的奴隶。

（张嘉妹　译）

颂 王（节选）

我对大海说，

"你像哈蒂姆·汗[1]一样慷慨！"

"哦，不，不！"那颤抖的灵魂回答道，

"我吝啬的浪峰只会把毫无价值的野草丢掉，

他却慷慨地将红宝石撒落人间。"

（张嘉妹 译）

---

1 哈蒂姆·汗：即哈蒂姆·达伊，历史上著名的阿拉伯诗人，生活于阿拉伯达伊部落，公元五七八年逝世。以慷慨、勇敢闻名于中东、西亚、中亚和南亚等地区。他不仅是《一千零一夜》故事中的角色，也是波斯著名诗人萨迪（一二〇八年至一二九一年）笔下赞美的对象，以他为题材的民间故事、诗歌等不计其数。

苏菲神秘主义诗歌选译两首

之一

那超越万物的主呀，
如何才能让我的思想接近你？
凭借我愚钝的才智，
怎样才能把握你特有的品质？

作为创造了万物的主宰，
您力量的支柱不可限量。
而我的灵魂，像无助的、断翅的小鸟，
又如何能攀登到您那无法匹及的高度？

像侯赛因一样，无数的殉教者，
在无止境的冲突中献出了生命。
可人类的嘴唇，始终无法触及，
您赐予永恒生命的圣水。
您的光辉日夜闪现，
是人类心灵的主宰，
虽然，
我们的心智永远无法，
捕捉到您无处不在的显化。

虔诚谦逊的朝圣者，
可耳闻您仁慈宽恕的言语。
胡斯鲁劝诫那些偶像崇拜者，
他们只能获悉您表面的问候。

之二

您存在于我们的肉体之外，
却永生在我们的心中，
给我们带来痛苦的碰撞，
即使不似想象中那般严重。

您将寒光闪闪的利剑，
刺入我杂乱无章的心绪；
您的宝座射出的光芒，
普照我已成废墟的心灵。
"那两个虚幻、空无的世界，"他们说，
"便是万物不得不为您付出的代价。"
提升价值，无法不提高成本。
恰如我们亲眼所见——这一切，
都太廉价了！
从这些虚幻的住所里，
我的灵魂终有一天会找到自由；
而我的心灵也会，
与爱同在，永伴您左右。

胡斯鲁！青春已离你远去。
莫再与崇拜偶像的青年为伍！
面对这不自知的寻求，
只会落得个贻笑大方。

（张嘉妹　译）

抒情诗选译两首

之一

那令人愉悦的小树林，那令人愉悦的原野，
那令人愉悦的春天即将到来！
坐在白杨树下是多么愉快，
去倾听树上夜莺的歌唱，
眼见觥筹交错，
耳闻妙音四起，
徐风灵巧地划过她身边，
轻轻带来问候的话语；

那令人愉悦的草地，那令人愉悦的露珠，
那令人愉悦的潺潺流水！
请快快把她带到我身边，
让我们的嘴唇在温柔的爱意中相遇。
在让人热血沸腾的欢乐中，
亲吻，缠绵，甜言蜜语；
她爆发出青春的热情，
胡斯鲁的灵魂却因痛苦而哭泣。

之二

假若人间也有一个天堂，
那会是，那应是，那一定是，印度斯坦[1]！

（张嘉妹　译）

1　印度斯坦：又译"兴都斯坦"。在现代民族国家形成之前，主要应用为地
　　理概念，指印度次大陆北部及西北部地区。该地区在现代印地语、乌尔
　　都语形成之初，流行结合了外来波斯语、突厥语等与当地地方方言掺杂
　　在一起的"混合语"，也称"印度斯坦语"，操该语言的人群称为"印度斯
　　坦人"，该地区称作"印度斯坦"。

哲理诗选译两首

之一

告别尘世后若有人来静听我骨灰的尘埃，
他定会听到颗颗尘埃均奏着优美的乐曲。

之二 [1]

语言，这奇妙的金币，
它的价值不容半点怀疑。
你应珍惜语言，这人的本质的体现，
人的精髓中的精髓乃是语言。
语言能决定一家争吵或和睦安宁，
语言能决定一人心情激动或平静。
请细想，语言若不是人的生命，
那为何死者默不作声？
是语言，使生命不息万世永恒，
如像生命的泉，永远水流淙淙。

（张嘉妹　译）

1　选自张鸿年编选《波斯古代诗选》，人民文学出版社，一九九五年，第
二八三页。

瓦利·穆罕默德
（生卒年代不详[1]）

　　十七世纪后半叶德干乌尔都语文学时期最杰出的诗人，主要用波斯语和混合语创作诗歌，在题材、体裁、格律、音韵以及风格等方面，成功地将乌尔都语抒情诗与波斯抒情诗融为一体。瓦利的抒情诗突出了美与爱的主题。对美的崇拜和追求是其抒情诗的精华。他的抒情诗中充满欢乐，很难找到灾难、磨难、悲哀、痛苦、失望、叹息和痛哭的痕迹，更难发现有关宇宙与人生奥秘之类的传统题材。他的诗哲理或理念因素很薄弱。诗中很少分析思想或哲理内涵。他崇拜美，只看到生活美的一面，从生活美和宇宙美中获取愉快和欢乐。但瓦利也经历过战火遍地的动乱时代。战斗中倍受赞扬的爱国主义和英雄主义的人物或事件也激发了诗人的创作冲动，创作出充满战斗激情的抒情诗。

1　据推测出生于一六六二年至一六六八年间，一七〇七年至一七一八年间辞世，也有推测为一七一八年至一七二五年间逝世。该诗人诗歌译文均选自李宗华所著未出版资料《乌尔都语文学史》。

诗歌选译十二首

一

突然向我展示一匹年轻骆驼，
这是恋人得自造物主的聘礼。
告诉我说，如果你不熟悉虔爱，
最好抓紧性爱这羞怯的衣襟。
自从我听闻瓦利的奉承妙论，
当即感到我在向诡计献殷勤。

（李宗华　译）

二

只因为那里没有打破平衡的迹象，
保持平衡是你的天职，你这妒嫉迦南的月亮。

你这朵美丽花园里的玫瑰花呀！
你的脸散发着羞怯的芳香与光泽。
啊，爱的园中的花朵，你具有自尊，
你脸上的光泽是统治者的标志。

那是尊严花园里的玫瑰，
这端庄乃是造物主所赐。

心上人的才艺动人心魄，
举止典雅端庄铭诸肺腑。

尽管美人全具迷人魅力，

密尔扎[1]的妩媚足以夺命。

如我言不及义似合乎体统，

情敌能理解恋人的举动。

恋人显然是个无能之辈，

忘恩负义之举令人惊讶。

为看那赋予端庄的雅致，

玫瑰花沉浸在露水珠里。

给我展示那檀香木长袍，

啊瓦利，那是治头痛的药。

（李宗华　译）

三

我深深记住与他之间的友谊，

他那张脸上有着友谊的胎记。

沉默寡言难道就不能是学者，

他获得的是纯洁晶莹的友谊。

宴席的蜡烛是知识分子无疑，

那里呈现着一派深厚的友情。

言辞恳切充满着怜惜和同情，

回避痛苦是背离友谊的内涵。

啊恋人，你的话语是圣经贤传，

我认定它是永恒友谊的吉兆。

实践忠贞时要坚定不移，瓦利，

完美无缺的友谊是忠贞不渝。

1　密尔扎：人名，又译作"米尔扎"。

如果不使自己坚贞不变，

将觅不到心灵王国之路。

我的心呀，绝不可放弃坚贞，

没有坚贞的爱情，基础脆弱。

在爱的路上坚贞乃至关紧要，

凡不具坚贞者不能称作信徒。

（李宗华　译）

四

只因克姆达斯有端庄的姿色，

他竟超越了所有人的判断力。

尽管他衣着朴实无华似珍珠，

他脸上闪着卖弄风骚的波纹。

美人若是加入苦行者的行列，

势必将苦行主义高举达太空。

苦行队列中这棵高贵的柏树，

颇似草原上一朵盛开的玫瑰。

把他的眉毛比作闪亮的利剑，

思绪中的欲念势将永怀恐惧。

美人若唱起罗姆克利[1]或皮巴斯[2]，

金星无疑将从太空降临人间。

牢记他的眼神，瓦利我来到园中，

也许水仙的芬芳里有他的馨香。

1　罗姆克利：印度古典音乐的一种，是清晨时演唱的即兴曲调。

2　皮巴斯：印度古典音乐的一种，多在下午演唱。

阿姆利特拉尔[1]是宴席上的蜡烛，

他是雅致的花园中的一棵柏树。

他像轮新月博得全体的爱戴，

正是因此缘由他才隐匿不露。

我们的心为何不能相通，

他今日身穿鲜艳的外衣。

该如何赞美他那讲究的穿戴，

他全然是一派王子的姿态。

凡与他立下海誓山盟之约，

他绝不会疏远任何一人。

你的红唇满是甘露美酒，

你的名字取得多么贴切。

啊瓦利，我该怎样来描绘他，

他满怀善意实在令人心醉。[2]

（李宗华　译）

五

看见你的唇促我忆起生命，

看到你的脸使我想到乐土。

每当我注视着你那双眼睛，

我自然会意识到水仙花园。

假若我见到你那蓬乱的卷发，

我会想起漫长的严冬之夜。

若见到你那绿宝石色的书信，

1　阿姆利特拉尔：指印度西北部城市阿姆利则，锡克教圣地位于此。

2　据文献记载，苦行者克姆·达斯等人并不英俊，显然瓦利歌颂的是友谊、
尊严和美德。

我会想起风信子花园的春天。

要是见到你脸上容光焕发，

我会想到极乐世界的花园。

看见你的卷发乌黑泛着蓝光，

它使人想起卧房里的蜡烛。

谁看到我那双哭泣的眼睛，

他定会想起春季的云彩。

谁看到我那痣上的螺纹，

他会想到那湍急的漩涡。

谁见到我这样癫狂失态，瓦利，

他自然想到荒僻的山沟和大漠。

（李宗华　译）

六

你有东方人的脸，昂瓦里之美，典雅的风度，

你有贾米的眼睛，费尔杜西之额，新月的弯眉。

瓦利倾慕你的地位和荣誉，去除词空行

每句诗都写得典雅，每半联都精辟绝伦。

每日清晨看一眼你的脸颊，

无疑是在考察光耀夺目的晨星。

（李宗华　译）

七

每逢美人热得似被焰火灼烤，

我的心必然焦炙似火上的烤肉。

只因他在与你相遇后自愧不如，
不如在这美景的倒影里溺死。
无论谁见过你那天仙似的玉照，
都会惶恐得隐姓埋名实不足奇。
尽管生活的海洋波涛变幻无常，
啊美人，你前面无疑就是岸边。

（李宗华　译）

八

莫用愤怒之火焚烧热恋中人，
以友情之水让怒火暂熄片刻。
为在漆黑之夜不致走迷方向，
请让脚腕的铃铛传出丁零之声。
你的卷发捕获我心中的鸽子，
请将鸽子释放，此乃神圣之举。
在对你热恋中我无意间被烧成灰烬，
用这烟黑涂眼将为你增添光辉。

（李宗华　译）

九

啊美人，你不来造访，这是何故？
也从不披露秀丽的面容，又是何故？
我陷入别离之情网实在有苦难言，
你不救我脱离苦海，这是何故？
为依恋你我已将这一生奉献，
你不倾诉心中隐秘，这是何故？

因思念你，我的心痴醉如狂，啊美人，
你不用眼神给我解渴，这是何故？
啊瓦利，这事最令我经常惋惜，
你不关注我的恳求，这是何故？

（李宗华　译）

十 [1]

世界的每粒原子都是颗真正的太阳，
可以理解为每个樱桃小嘴都是夜莺。

实质这个词在词典上的释义是性爱，
注释中的解说在正文中不可能见到。

如若没有情侣，世间将无人类，
他就在人们中，唯独人不觉晓。

世间人具有无比奇妙的胆略，
他们目光凝聚，始终不离情侣。
凡不能从自我中将自己解脱，
将永不受虔奉神灵者的敬重。
凡不能获取胆略之羽翼的人，
将无法到达自己心愿的巢穴。
莫问无忧虑者有关悲痛的事，
无知的人又能告诉你些什么。
他远远超越人类理智的极限，

1　苏菲主义抒情诗。

瓦利，人又怎能懂得他的真谛。

（李宗华　译）

十一

忠诚地指向礼拜方向的是剑，
解决我们困难的能手是剑。
勇士们无疑是最幸福的人，
庇护他们的不死鸟羽翼是剑。
为什么不刺穿敌人的胸膛，
真主的雄狮们的利爪是剑。
首先是罗勒草最后是郁金香色，
显而易见指甲花叶是利剑。
烈士们为什么不可能永生，
我们的活命水就是剑。
禁欲者不断朝精神完善苦修，
来世的指路人是剑。
有雄心的人永远得到庇护，
能满足教长要求的是剑。
要想在漂泊途中少遇艰险，
能给弱者撑腰壮胆的是剑。
怎能让故人愚弄和欺骗，
擦去锈斑让剑挥舞起来。
适宜的要求是胜利的关键，
解决困难能手的武器是剑。
为什么丝毫不感到羞怯，
因为消除羞怯的法宝是剑。
谁要是抓住了自由的一隅，
能助他掀风鼓浪的是剑。

在凯旋的克尔白[1]里，啊瓦利，
祈祷的祭坛其形状也是剑。

（李宗华　译）

十二

爱情把人们的心灵都操碎，
人间何必分国王与苦行者。
凡是注意到爱情奥秘的人，
他就成为时代骄傲的秘密。
谁被爱情之利箭射中，
谁定会感到生活如释重负。
从此猎手不再来刺探我信息，
他或许已想不起我的往昔。
我对这醉人的醇酒深感满足，
有时是无意中有时却是有意。
无需满城寻觅法尔赫与麦吉农之住所，
因恋人无定所，时而在山间时而在荒漠。

（李宗华　译）

1　克尔白：阿拉伯语，又译"天房"。位于沙特阿拉伯麦加禁寺中，为一方
　　形殿宇。伊斯兰教先知将其作为礼拜处。世界各地的穆斯林在做礼拜时
　　都必须面朝此殿。

米尔扎·穆罕默德·勒菲·索达
(一七一三年至一七八一年)

原名米尔扎·穆罕默德·勒菲,笔名"索达",意为"因爱痴狂",曾被冠以"桂冠诗人"的美名,用波斯语和乌尔都语写诗,其诗歌作品体裁多样,无论是抒情诗、叙事诗,还是颂诗、悼亡诗,均有优秀作品问世。索达尤其擅长颂诗创作。其诗歌节奏分明,铿锵有力。此外,索达最为人称道的,是其在诗歌中擅用的讽喻手法,其尖厉的讽喻如一面镜子,抨击社会的弊端和人性的黑暗。

讽刺一位庸医高斯[1]（节选）

萨德尔市场住着一个傻瓜，

可谓是医者之耻辱，医学之笑谈。

形似魔鬼而名讳高斯[2]，

简直是现世的暴君。

这庸医的老家在奥斯曼帝国，

他让全城弥漫猫头鹰[3]之阴影。

这家伙自打开始行医，

整个奥斯曼帝国莫得片刻安宁，

现在又来到印度斯坦，

家家户户，他可比死亡天使还臭名昭著。

叫我如何描述他的大笔？

真是让死亡之剑都津津乐道[4]，

这不是笔，而是锋利匕首，

令多少印度教徒和穆斯林命丧黄泉。

要是这倒霉鬼不开药方，

恐怕地狱和天堂都得渺无人迹，

只要他开始治病开药，

---

1 叙事诗，该诗歌原文选自著名乌尔都语作家哈利格·安朱穆编著的《索达诗选》。哈利格·安朱穆是著名乌尔都语作家，出版过多部研究乌尔都语诗歌、索达诗歌的专著，该诗选中收录的版本是最为完整的诗歌版本。

2 高斯：是穆斯林先贤的称号，也是这个庸医的名字，这里药师在讽刺庸医不配叫这个名字。

3 猫头鹰：在阿拉伯、波斯和印度传统中，猫头鹰被视为不祥之物，它的到来会给城市带来灾难和毁灭。

4 这句话暗指高斯写的处方害人性命，连死亡之剑都自愧不如。

"死亡"就忙得不可开交，"康复"则无事可做。[1]

这暴君从未嗅过"疼痛"之味，[2]

他是普罗大众生命之敌，

换言之，杀人才是他真正职业，

死亡和命运却因他之罪行臭名昭著。[3]

总之，男男女女因他而死，

连掘墓人都以他之名义担保借贷。

我再跟你讲个更可笑之事，

保证全世界听后啼笑皆非。

一次这无耻之徒不幸染疾，

正打算给自己开方治病，

入殓师[4]、哀悼者和抬棺者，

纷纷赶来他家，

吵吵嚷嚷来讨说法，

一个个对着庸医发问：

"哎呀暴君，看在我还有一家老小要养活，

你可千万莫要自己治病开药。

哎，你若非要如此行事，

也请告诉我们，哪儿还能寻得如你一般之庸医。

这样我便无须担心自己生计，

还会为你的坟墓献上鲜花蜡烛。"

我又如何描绘他之医术？

恐怕只能令人词穷理尽。[5]

1　在这句诗中，索达将"死亡""康复"拟人化，用来表达庸医从未治病救人，而是害人无数。

2　在这句诗中，索达使用通感的手法，意在表达这庸医从来没有疼痛的概念。

3　在这句诗中，索达想要表示，人们在面对亲友去世时往往怨恨死亡和命运，殊不知庸医才是罪魁祸首。

4　入殓师：这里特指伊斯兰丧葬习俗中为亡人洗浴的人。

5　在这句诗中，索达的原文是：我的舌头都不会动了。意在暗示他对庸医高斯的医术已经无话可说了。

一次有个黏膜炎病人头痛欲裂，

死亡将他引领至高斯之处。

庸医给病人看病号脉，

折腾半天居然说是得了热病。

药方开得可真有水平，

前前后后思忖整天。

不幸的病人将药方拿给药师，

药师读完对他说道：

"年轻人，你究竟有何病痛？"

病人掩面抽泣：

"我的朋友，我也一无所知。

只是医生说我得了热病。"

药师一听心里一惊，

捻着胡子开始说道：

"天呀，这恶棍开的什么药方，

居然写着莪术[1]药剂。"

说完药师惊恐不安：

"我的朋友，你可不能掉以轻心，

快告诉我他模样如何，

到底是谁，竟给你开如此药方。"

年轻的病人听后回答：

"我该如何跟你描述，亲爱的药师？

从没见过如此长相

哎，简直比猪狗还丑陋肮脏。

脸庞如沥青般漆黑，嘴里臭气熏天，

好像吃过泻药排出的宿便。"

药师听毕年轻人的描述，

说道："哎呀，是他没错。

1　莪术：主要功效是治疗饮食积滞，脘腹胀痛。

他这无耻刽子手，

每天醒来便开始屠杀。

他不是"高斯"，而是暴君，

别唤他作医生，直接唤他作暴君。

我的朋友，一天我正在药店工作，

他在众人仇视中当街行走。

一位熟人看到我，说：

"来，我把你介绍给高斯。

他需要你，而你也需要他，

你俩相识后各取所需，可是一件美事。"

我想这的确对我有益，

便答："没问题，我们走吧。"

我俩启程去向庸医诊所，

死亡也紧随其后。

当我看到那可怕之地，

才恍然明白"地狱"之真义。

一间屋内竟装着众多病人，

简直比坟墓还拥挤万分。

暴君来到屋里坐下，

所有病人将他团团围住。

只见他为一个病人把脉，

诊断后说："你严重便秘！

除此药外，再无他法能将你治愈。"

于是，他写下药方：萨福菲亚胡德[1]。

啊朋友，他居然如此开药，

他应给病人食用马蚕豆大饼配少许罂粟叶！

---

1 萨福菲亚胡德：字面意思是"犹太药粉"，这种药粉是由白垩、亚麻籽以
 及其他原料研磨制成的，通常用来治疗痢疾和腹泻。这种药粉显然会加
 重便秘的病情。

他还给痢疾病人食用黎豆,

给霍乱病人喂食亚麻籽。

他让神经错乱之人饮骆驼之奶,

给身体水肿之人放血治疗!

水肿病人问饮食有何禁忌,

他竟告知多喝酸奶、多吃米粥。

他告诉梅毒病人,

在感染部位撒上盐巴。

告知另一个梅毒病人,

让他把布满脓疮的伤口缝合。[1]

一次他坐在小轿旁边,

(对里面的女人)说:"把手给我,我给你号脉。"

无礼庸医给轿里人把脉过后,

对旁边仆人说道:"哎,女仆,

你主人是头疼抑或腰疼?

她恐怕是得了痛风。"

最后,高斯诊断这老妇得了癫痫,

他告诉女仆:"给她饮食一些南瓜汁液。

即使她胃口大开,

也只能尝尝稀粥。"

女仆听后惊呼:"她这是遭了何罪?

这治疗对病人胜似毒药。

我的主人受面瘫麻痹折磨,

为何你还以杀她为乐?"

高斯大呼:"你这个丑陋女仆,

1　在这些诗句中,庸医给病人开的药非但没有治疗效果,反而是加重了病人的病情。

莫非你读过《萨迪蒂》¹ 和《医典》²

你这无礼女人胆敢质疑医者的权威？

你不过是只值一个半卢比的下贱奴才。"

此时，有人戏弄地说：

"老奶奶，这也不是高斯的错。

您在轿里而他在外面，

他怎能看到您面瘫麻痹的模样？"

庸医思忖片刻：正好寻个台阶给自己下，

便说："不错，正是这样。"

老妇听毕勃然大怒，

对他胡子大啐口水，大声斥责：

"小子，有胆马上拿来《萨迪蒂》，

把《医典》翻开给我看。

把你引据的原文指出给我，

我倒想看看哪儿教的你如此行医。

患面瘫麻痹哪怕是癫痫的病人，

胆敢令其饮下南瓜汁液？"³

这场冲突愈演愈烈，

两人竟互相厮打起来。

1　《萨迪》：是毛拉·萨迪蒂所著的一本医书。前半部分讲医理，后半部分讲临床实践。

2　《医典》：是中亚哲学家、自然科学家、医学家阿维森纳（九八〇年至一〇三七年）的巨著。阿维森纳又名侯赛因·伊本·西那，《医典》无论在东方还是西方，都是医学史上独一无二的经典。这是一本系统性的百科全书，其内容大部分以罗马帝国时期医生的成就以及其他波斯著作为基础，小部分以他自己的经验为基础。直到十七世纪西方国家还视《医典》为医学经典，至今仍有参考价值。

3　以上这四联诗句，在一些版本中的顺序是倒置的，也即是：
　　　患面瘫麻痹哪怕是癫痫的病人，
　　　　胆敢令其饮下南瓜汁液？
　　　把你引据的原文指出给我，
　　　我倒想看看哪儿教的你如此行医！

高斯拿起笔盒狂戳老妇，

而老妇一把把揪掉高斯的胡子。

高斯扯拉老妇的头发，

而老妇则猛击高斯的下体。

俩人打得不可开交，

直到累得气喘吁吁。

人们赶忙跑去劝架，

喊着求着好容易把这俩分开。

也有明智路人，

诅咒高斯而称赞老妇。

总之，我讲故事的目的，

就是让你莫食高斯之药。

你可万万莫要自掘坟墓，

还是听我的话，好自为之吧！[1]

（袁雨航　译）

1　在一些版本里，没有最后这两行诗。

密尔·特基·密尔[1]

（一七二二年至一八一〇年）

  乌尔都语抒情诗大师，被推崇为乌尔都语抒情诗的诗谱和楷模。留世六部乌尔都语抒情诗集，汇集了数千首不同诗体、诗律以及格律的抒情长诗、抒情短诗，四行诗、五行诗、七行诗等。此外还有《梦幻》《爱的火焰》《爱的海洋》等多部叙事诗。密尔的抒情诗承袭了印度和波斯不同传统的文化，诗歌题材广泛，涉及社会生活的各个领域。在诗歌创作中，密尔将客观世界的感性认识，通过想象、构思和比喻，结合自身敏感的主观情感，将玫瑰、夜莺、灯蛾、蜡烛、云等描绘在人一般的生活情趣和活力的情感、意志和思想的意象上。密尔善于抒发自己内心的情感，刻画真实的意象，对社会道德的沉沦进行尖锐无情的揭露、讽刺和批判，他的抒情诗被称作悲伤与痛苦的海洋。其诗中的忧伤、悲哀、消沉和愁闷，不仅是个人的诉怨和痛苦，也是反映印度莫卧儿王朝行将覆灭时一个历史时代的痛苦，倾泻出一个孤独的流浪者寻求出路时的悲痛和叹息。

---

1 该诗人诗歌译文均选自李宗华所著未出版资料《乌尔都语文学史》。

诗歌选译十八首

一

实情是我无法摆脱悲痛，
心中的苦闷像盏点燃的灯。
胸腔崩裂，心肝灼伤，
集会上称我为悲伤的密尔，
怎料我竟以自负扬名在外。

密尔的脾性如此乖戾，
竟然去与地缠与天争。

（李宗华　译）

二

德里的瓦砾场也比勒克瑙强十倍，
但愿我死在那边无须惶惶到此行。
家园倾圮现靠勒克瑙救济，
在废墟中人实难求生存。

归还物品和技艺，走吧。
在勒克瑙已住久，回家去吧。

在这异乡陌土我向谁去倾诉，

他们怎能理解我心头的话语。

（李宗华　译）

三

昨日尚是皇冠宝座的所在，
今天德里已落到无处行乞。

泪水似浪涛，自泪眼中涌出，
我心似德里，业已深埋废墟。

啊，朋友！切莫诱我描述德里的往昔，
我再也无法忍受回忆叙述这段往事。

（李宗华　译）

四

心的孤寂无法提及，
这城镇已被劫掠百回。

黄昏以来心中颇感压抑，
酷似贫民那盏昏暗的灯。

心志消沉则是又一灾难，
酷似一起惨祸令人诧异。

（李宗华　译）

五

这里只有叹息和泪水，
这里只有雨季的微风。

当我看见露珠降落到花园中，
却发现花丛的笑脸满布泪珠。

啊，彩云！你另觅一处化作春雨吧，
这国度里我的泪水足以滋润一切。

要是能由我选择，我愿永葆笑容，
可是无奈，我无力控制这双泪眼。

（李宗华 译）

六

要是密尔如此号啕痛哭，
邻居夜间怎能安然入寝。
哀诉终生的我从此离去，
彩云每年为我挥洒热泪。
我经常是诉怨的忠告者，
你要我泪水洗脸到几时。
唉！如你不制止这双眼，
要让它一直浸泡到几时。
我心中产生的那种抱怨，
连小铃铛也失去空间感。
期待你向对方肆意谩骂，

对我若有所言切莫中止。

密尔啊，擦干睫毛上泪珠，

你要让这珍珠悬吊到几时。

（李宗华　译）

七

乾坤颠倒，一切药物都没有效验，

这颗病入膏肓的心终于功能衰竭。

青春期在泪中虚度，暮年时却紧闭双目。

仿佛彻夜不能成眠，黎明时分却入梦乡。

生命本非语言能救，侥幸是他鸿运当头。

以前传给我的信息，偏巧正是噩耗死讯。

对待我等苦命的人，命运何以这等不公。

你随心所欲为所欲为，无端败坏我的声誉。

人世间所有酒徒尽朝你顶礼膜拜，

纨绔子弟阔公子全推崇你为教长。

待我粗暴无礼在寂寞中实属罕见，

他虽踏上征程，然而每步必顶礼膜拜。

克尔白属谁？如此寺庙？是谁大逆不道？

此间街道居民早把它们全部清除干净。

清真寺中有羞耻心的教长夜晚却光顾酒肆，

酩酊中把斗篷、罩袍、衬衫、帽子全作礼馈赠。

但愿现在得掀下头上面纱，不然所剩还有什么？

他尽管紧闭双目，其实尊容早已披露无遗。

在这人世我已尽到自己力所能及的一切。

夜晚垂泪到天明，白昼徘徊至黄昏，

清晨乘着风势他被送进这座园圃里。

他的容貌使玫瑰羞愧，他的体魄使肚脐折服。

他抛弃了由双手携带来的银杖，

忘却了他的誓言，使美好的思绪化作空想。

他时时刻刻纠缠，使全部努力付诸东流，

又没完没了地固执，他要获取四倍的满足。

受过惊吓的鹿是难以再让她安静，

人们企图用魔法创造奇迹让你温顺，

你现在无须询问密尔的宗教信仰？

他已涂符志，进了神庙，背弃伊斯兰。

（李宗华　译）

八

今日还在为王权骄傲地昂起头，

明天他将为它的处境号啕痛哭。

拜扫一下这些可怜人的陵墓吧，

这些被欺凌的人在世时多遭罪。

密尔，你多少挚友早已埋入黄土，

愚人呀，有谁曾为他人逝世哀痛。

在这样的汹涌澎湃的年代里，

命运把我们像水泡一样消灭。

切莫被世界的繁荣景象迷惑，

每座楼宇都经过上百次毁坏。

尽管玫瑰冷漠，夜莺忠诚如故，

夜莺巢穴独处百花园中一隅。

昨日采花人为园中美景感动，

折了枝玫瑰惊起夜莺的哀鸣。

化作荆棘每夜刺扎心房痛难熬，

竟使夜莺口中申诉如此多哀怨。

春又来到园中，花坛玫瑰盛开，

四处美景如画，唯独夜莺巢空。

美人没有听取这善意的信息，

玫瑰终于听不到夜莺的祈祷。

密尔你每夜撕心裂肺地抱怨，

夜莺焦躁的悲鸣终于枯燥乏味。

（李宗华　译）

九

这里是幻想的工场，

这里能相信的只有梦幻。

宇宙是朋友的闪光，密尔，

它不仅指摩西和西奈山。

（李宗华　译）

十

请千万别封我为诗人，我仅从事

把世间无数悲伤与痛苦编撰成集。

（李宗华　译）

十一

云呀！找个夜晚来我们对哭可好，
只是不可泪淹了城池，哭要适量。

你没听说密尔对什么都不专心，
甚至在谈情说爱时他也是如此。

可是燃尽而逝是飞蛾的光焰所在，
啊，蜡烛，你也有舌，要说点什么！

（李宗华　译）

十二

玫瑰的颜色映得花园像火在燃烧，
夜莺见后急鸣远至天边远至天边。[1]

（李宗华　译）

十三

请密尔控制自己的癫狂，

1　上联用花红似火比喻春来到，下联用夜莺情不自禁地啼叫进一步烘托春
意浓，增加美的感受。

这里是德里而不是别处。

请看密尔先生所处的逆境，
现在他已很少离开家门。

是在与谁离别竟这般痛苦，
密尔今日气色竟这样苍白。

在密尔枕边说话要轻，
他饮泣良久刚入梦乡。

是因玫瑰的芬芳，还是夜莺的妙曲？
生命消逝何以这等神速竟成憾事！

一整夜呀你叙述自己的悲惨身世，
密尔呀，你也应该略为休息片刻。

（李宗华　译）

十四

我愿终生保持酩酊，
心似酒壶血盈欲滴。
今日拂晓心跳急促，
夜间必定烂醉如泥。
花苞学会微微启绽，
像他那副惺忪睡眼。
揭去面纱显露闭月貌，
他不加掩饰令我痛心。
爱本有许多事可做，密尔，

可我已摆脱仓促从事。
在这人世间的玻璃器皿厂，
成品极脆弱，呼吸务必轻缓。
务必关怀心急火燎的密尔，
切莫依赖黎明时扑闪的灯。

（李宗华　译）

十五

生命好比水泡，
这演出好比泉源。
审视他这片薄唇，
恰似片玫瑰花瓣。
心眼需向来世开，
今生岁月似梦幻。
屡屡滞留他门前，
情绪现渐趋焦虑。
你的眉毛是胎痣，
像已选择的房舍。
你把我所说话语，
比作那破房烂瓦。
煎肉饼味久不散，
疑是悲火心中焚。
密尔半睁开双目，
神魂颠倒似酩酊。

离别夜我毫无怨言，
仅怜悯同情众乡邻。
我问："玫瑰能开多久？"

花苞闻声微笑作答。

世人不知我是酒徒，

泥坯已牢封酒桶口。

泪水无疑是心头血，

跃出眼帘掀起波涛。

到府上拜访终不遇，

密尔早把你全遗忘。

爱是负担中最沉重的，

我这弱躯竟能将它背负来。

心灵诱我走进那条小巷，

进而促使我化为灰土。

众亲友从始祖起均已亡故，

是谁竟将爱情引导至极端。

密尔现决意离开这座神庙，

只待真主乐意复可相聚。

（李宗华　译）

十六

片片绿叶，丛丛花木，谁都熟悉我的境遇，

若论谁不知，唯有玫瑰，园中全都知晓。

青春期在泪中虚度，暮年时却紧闭双目，

仿佛彻夜不能成眠。黎明时分却入梦乡。

（李宗华　译）

十七

昨夜我在梦中，
梦见他的醉眼。
今晨一觉醒来，
眼前只有酒杯。

他的唇薄得难以描绘，
恰似玫瑰的一叶花瓣。

春来早，玫瑰已吐露蓓蕾，
园中绿苗摆舞，形似醉汉。

（李宗华　译）

十八

此间并非乐园，这里别具一番景象，
园中花儿朵朵都是斟满鲜血的酒杯。

（李宗华　译）

纳吉尔·阿克巴·阿巴迪
（一七三五年至一八三〇年）

真名瓦利·穆罕默德，生于印度德里，由于战乱随其父迁至今阿格拉定居，即古时的阿克巴阿巴德，因此在诗歌创作中为自己起笔名为纳吉尔·阿克巴·阿巴迪。

纳吉尔被誉为乌尔都语诗歌（nazm）之父。在他所生活的年代，当时的乌尔都语文学界的诗人更偏爱采用一种波斯的抒情体诗歌（ghazal）来表达自己的思想和情感，但是这种类型的诗歌大多在知识精英阶层流传，不能为广大普通的人民群众所理解。纳吉尔希望能够为人民和民族而歌，让所有人接受和传唱，因此他所创作的诗歌更多的是以 nazm 诗体叙写，正因此他成为那个时代最受欢迎的诗人之一。他的诗歌反映了人们日常生活的方方面面，描写了各种宗教和社会活动，即使最微小的细节也有所体现，在他的诗歌中，每一个人都有血有肉、活灵活现。

纳吉尔的思想开放自由，生活经历丰富，因此他的诗歌语言生动明快，平易近人，叙述详实。他写过宗教和民族节日，像尔德节、登宵节，也写过各种水果动物和飞鸟，写过静物和四季，像钱、面饼、春天，还写过人们生活的各种情态，像乞丐、麻风病人，等等。他的诗歌几乎覆盖了当时人类的所有生活和行为，每一个人都能找到属于自己的那一首诗。因此也被称为"人民的诗人"。

致人民

位高权重如国王也是人
一贫如洗若乞丐也是人
无论贫富都是平等的人
享受玉盘珍馐的也是人
咀嚼残羹冷炙的也是人

强大的法老王宣称自己就是神
残暴的谢达德号称以真主的力量建立了人间伊甸园
暴君努姆鲁德也狂傲地说自己即为真主
那我能告诉你们什么呢
即使尊贵如他们也只是一个凡人

有的人能为了他人而牺牲自己
也有的人用刀剑去杀害别人
有的人侮辱轻蔑着人
有的人大声叫喊呼喝着人
而那被呼来喝去唯唯诺诺的也是人

有些人在街边支起摊子开着小店
有些人头顶着沉重托盘走街串巷
有些人大声叫卖着跟人讨价还价
想把自己制作的小商品推销出去
而那些来掏钱采买家用的也是人

有一些人他们穿着华服美饰
从头到脚仿佛都是金子做的一般尊贵

他们的财富闻名全天下

永远包裹在最华美的衣料中

而那些衣衫褴褛衣不蔽体的也是人

从国王到精英到贱民

每一个人都做着有价值的工作

有的人是宗教领袖也有的人是虔诚的门徒

哎纳吉尔啊那些好人是人

那些坏人也同样是人啊

（李方达　译）

致旅人

不要贪婪和沉迷，在现世中不断地徜徉

死亡天使就像绿林劫匪一样日夜用鼓声宣告着降临

无论是院中的猫狗牛羊

还是桌上的美食或升起的炊烟

当你听从死亡天使的召唤时，一切都将留在你的身后

你赶着牛马驮着货物从一个城市辗转到另一个

时赢时亏

而当你在路途中遇到死亡天使向你举起宝剑

你的家人、亲友和财富将无能为力

当你听从死亡天使的召唤时，一切都将留在你的身后

当你的坟墓静静竖立在路旁

你的牛羊也不会来吃坟边的青草

你的财物会被瓜分

你的妻子儿女会将你遗忘

当你听从死亡天使的召唤时，一切都将留在你的身后

不要骄傲于你锋利的宝剑和坚实的盾牌

当死亡来临它们都会弃你而去

无论是你的金银珠宝

还是绫罗绸缎

当你听从死亡天使的召唤时，一切都将留在你的身后

当死亡来临，天使会用鞭子抽打着你向前

有人会为你装殓有人会为你造墓

而你将孤独地躺在林中吞咽着坟墓的尘土

即使最微小的昆虫也不愿来造访你的坟墓

当你听从死亡天使的召唤时，一切都将留在你的身后

（李方达　译）

春　天

当春天装点了世界的花园

带来了色彩、芬芳和美丽

清晨迷人的微风轻抚过嫩枝

娇嫩的鲜花次第绽开

幼嫩的小树苗壮成长

孕育着无限生机

处处都能听到夜莺在鲜花枝头鸣唱

其实这是春天在歌唱

春天让池塘和喷泉更显优雅

给大地披上了绿装

当清晨的微风拂过

春色和绿意共舞

人们也展示着时时刻刻的美好

春天就如此自然地潜入每个人的心扉

美人、她们的恋人和娇艳的鲜花

春天欣悦地欣赏着这一切

美人愉快地投掷着鲜花玩耍

这厢的花儿和那边的春天也都如此欢畅

（李方达　译）

贫　苦

当贫苦降临到一个人身上
会有无数种方法折磨他
白天坐着忍受干渴
晚上躺着难耐饥饿
这种痛苦只有他自己懂得

那些被称赞为大学者大智者的人
当他们变成赤贫者，智慧也会离他们而去
他们将记忆混乱答非所问
只能去教赤贫者的孩子
一生都将为贫苦所困

赤贫者是不在乎自己的尊严的
他们可以为了一块饼而在所不惜
每时每刻不断挣扎只为了一席之地
就像狗会为了一块骨头打架
赤贫者也会互相争斗

那些没有人愿意做的工作
赤贫者会毫不犹豫地去做
他们不在乎禁忌与污秽
说什么礼义廉耻
贫穷早已磨灭了最后的荣光

妻子的鼻环儿子的手链
自己的衣服都做了高利贷的抵押

卖掉屋子的大梁蜗居在残垣断壁

挖出基石只为卖掉门板和锁链

直到最后卖尽一砖一瓦

没有人在意赤贫者的痛苦

没有人接纳他们

没有人会知道他们的家庭宗族

没有人识得他们的面容

贫苦正是摧毁一个人到了如此地步

当贫苦降临尊严何存

自我的价值和美德又在何处

破衣烂衫在他人眼中斯文扫地

没有人会款待和尊敬他们

就算在聚会时也只能坐在最卑微的角落

哎我的朋友，从国王到乞丐

愿真主不再将人囚禁于贫苦的牢笼中

让精英在那一刻变得卑微

我能告诉你们多少穷苦的悲剧

只有那些被贫苦灼烧心灵的人才真正懂得这种哀伤

（李方达　译）

谢赫·穆罕默德·易卜拉欣·绍格
（一七八九年至一八五四年）

　　笔名"绍格"，著名的乌尔都语诗人和文学家。他出身贫寒，但勤奋好学，少年成名，作为王储巴哈杜尔·沙阿·扎法尔的导师，一生长留宫廷，直到去世。绍格与著名乌尔都语诗人米尔扎·迦利布同出一个时代，相较之下，绍格的诗歌更注重词汇的精妙与韵律的掌握。大起义后绍格的诗歌大量散佚，经毛拉纳·穆罕默德·侯赛因·阿扎德的收集整理，仅留下一千二百联抒情诗和十五首颂诗。绍格善用日常短语和俗语创作抒情诗，其诗率性自然，亦饱含宗教哲理。另外绍格擅作颂诗，其颂诗语言华美，用词优雅，节奏顿挫，风格多变，深受皇室喜爱。

诗歌选译八首

一

老来忆少时，喃喃如呓语
愿复窥旧景，心碎不自已
莫更祈上苍，且就酒与馔
丽人可记否，月下尝嬉游
名誉染污痕，皆以美目故
屡屡勤捉弄，羞怒亦悦耳
陶然酒中溺，无谓羞与愧
今日心内焦，幡然悔前耻
传教聆耳中，五脏俱焦焚
思慕予家人，辗转复反侧
爱意灼然烈，绍格何所拘

（周佳 译）

二

汝以抱怨，扰我清静
复以恩赐，害我性命
他以经文，复以俗规
冠我骂名，死不足惜
众人观予，毫无爱怜
幸汝援手，与我碎语
陈然不过，无话可说
复以暗喻，与我诉清

何其不幸，友人叛我

敌施阴谋，收买人心

记载之中，烙印忠诚

其间故事，我无兴趣

爱之指示，引我于此

跨越极限，携我远去

（钱华　译）

三

你我之间的情爱缠绵，哪些为真言，哪些是讽喻

红酒之女从瓷杯中现身，启齿竟是恶语

印度之眼在小山眉宇中，化作虔诚信徒

你向众生施恩行善，而对追名逐利之人不以为意

我们拒绝偶像崇拜，只因那不过是匠人的泥塑木偶

啊，绍格

曾有箴言一句，暴君财物终将归属圣战英雄 [1]

（钱华　译）

四

他的眼眸，乃灾祸连绵之源

轻眨睫毛，我们即听令而行

团圆之夜，却成离别之日

命运残忍，夺我性命

明月无暇，何来奴役烙印

1　与异教徒作战或杀死异教徒的穆斯林勇士，也称圣战者。

它的价值，可购上千奴隶

我们深知，那种力量强大

伤透的心，困于深情

细语轻诉，未言杀手身份

向其询问，只道死亡之名

你的俘虏，追逐哭诉

转瞬之间，却已深陷囹圄

相识九月，他的骄傲

终于低头，向你的美丽问好

随你步伐，悠然轻盈

眨眼之间，脚步已随你而去

啊，绍格！

时间从我们手中流走

宛若醇酒，万千荣誉，他一饮而尽

（钱华　译）

五

他会是谁？

他观遍我心，却未有一句感慨

更没有半点悔恨

因何愤懑？

他姗姗来迟，可我离去的脚步

却没有半刻停顿

坐拥贫困，方使我心如此富有

世间钱财，皆不能使我心羞愧

啊！绍格

规矩之中皆是繁难，

真正的清静，是不再过问

（钱华　译）

六

我拜倒在爱人的脚下，甘愿牺牲而从无后悔

我是如此痴狂，逃离枷锁、放弃童真，亦不食天堂的苹果

请用那漂亮的嘴唇啜饮我的鲜血，红如朱砂，胜过烈士之血

没有你，我连园中柏树的影子都害怕

枝条映在蜿蜒如蛇的水流中

幼时起便暗藏对你的渴慕，书本上的语句简直无足挂齿

胸中怀着宝石从天国降下，为何比伯德赫[1]的红宝石还要鲜艳

心中满是相思之愁，嘴里吞吐着水烟的烟圈

即便是在没有天使的尘世里，我的心好像感觉到了伊甸园

就算不知他的天国何在，我们这些有房子的人依旧弃了自己残破
　　的房屋

七月的月亮降临时[2]，我会抛下《古兰经》去见我的爱人

即便那时世人在德干，我绍格也会飞来德里的街道前去那里

（周佳　译）

七

宫殿里充斥着酒杯的碰撞声

哎，侍者，给我来一杯

赎罪的日子已经结束

1　伯德赫：地名，盛产高质量的红宝石。
2　此处应指登宵节的事情。

但凡见到你如火般的双颊的人

他们的墓灯到末日审判之日才会熄灭

瞧啊，奖赏就使人们的弱点都一览无余

为了让我承受河流一般的悲伤

由钢铁锻成了爱人的弯刀

秘密不像扑火的飞蛾，而像胆小的夜莺，只发出一点响动

若是不知道在空荡的房间里火花的感觉

——声音就像敲钟一样响亮

他不在花园中

绍格心情烦忧，如同被尖利的爪子片片撕碎

（周佳　译）

八 [1]

我心中的水泡是一场珍宝展会

方一启齿，已一颗破碎一颗诞生

纯真之人不会把想法藏于咽喉

去吧，去河流深处搜寻你的珍珠

给予每个人所期许的薪金糊口

鸡得其粮，鹅得其食

圣洁之世，既有良人，也有杂碎

正如水中亦有污秽，而珍珠却不会溶解消逝

明净之心，长困孤独，也有灰尘

正如孤苦无依的珍珠，也不过与尘埃做伴

唯有良知，才能辨认出知识的真谛

正如仅凭火眼金睛，亦无法检验珍珠的真假

钱财虽不多亦不会减少，可贪欲无穷无尽

1　颂诗。

奈何任狂风霜寒，也溶不掉这一颗珍珠

高贵品质需要精心雕琢粉饰

正如纯净之水才能留存珍珠的美丽

愚蠢者不会背叛智慧的权威

正如珍珠水泡在水中不会被随意摆弄

我们与秉性纯良者保持着些许联系

珍珠不是寄托感情牵绊的青石

再强大的心灵，或多或少都有伤痕

珍珠非钻石，钻石亦非珍珠

资深的学问是仁慈的客观条件

正如水珠聚在一起，亦良莠不齐

每句箴言都在真理与谎言之中

穷极真相，珍宝只是赝品

赤子之心的价值观念正确无误

珍珠破裂，价格也会改变

倘若贫困时宝石的价值并不乐观

那便不要开采珍宝

刺痛的心与魔鬼出没[1]有何联系

每走一步珍珠便碎一颗

博爱之心上也有空洞

因为眼泪无法穿过钻石，却能洞穿珍珠

绍格赞许青年人抒情表意

在这片海洋里寻得最好的珍珠

（钱华　译）

1　魔鬼出没：伊斯兰教信仰里火中诞生的鬼怪。

米尔扎·迦利布[1]

（一七九七年至一八六九年）

主要用乌尔都语和波斯语创作诗歌。其乌尔都语诗歌主要创作于一八二七年前以及一八四七年至一八六九年期间，经反复删减，留世一部一千八百联诗集，其中抒情诗三百八十一首、颂诗四首、叙事诗一首、四行诗二十首以及其他律诗三十二首。迦利布的抒情诗创作深受波斯古典抒情诗的影响，格调新颖、内涵丰富，大部分来自对生活的理解和呼唤。其早期诗歌，大多思想内容新奇，形式追求古风，喜欢使用波斯隐喻，略显隐晦曲折。后改用朴实、洗练的语言和简洁严谨的结构，诗作典雅流畅，不少诗句成了乌尔都语诗歌的精华和绝句。迦利布的诗歌含有叛逆精神和人道主义倾向。他善于将传统的意象与通俗的日常用语、口头语、习语和谚语等略加巧妙的变动，将人们司空见惯的寻常思想和琐事，从修辞、韵律和艺术手法等方面进行精心表现。

1　该诗人诗歌译文均选自李宗华所著未出版资料《乌尔都语文学史》。

诗歌选译十首

一

人承受着超乎寻常的折磨，痛苦便不复存。
我经历过如此多的磨难，万难皆化作易事。

（李宗华　译）

二

我饮酒绝非贪图欢乐仅是为把愁苦遗忘，
无论白昼黑夜我亟需阵阵昏醉忘我的感觉。

（李宗华　译）

三

你的媚眼是把致命的匕首，
你的爱抚是支无法躲闪的利箭。
虽然这只是你容貌的侧影，
为什么它仍具有这些法力？

（李宗华　译）

四

宇宙仅是空有虚名它的外形无法看到，

特质生命在我看来也只能是一种想象。

我本欲以生命换取所赐的天国。
但在天国难获催人昏醉的美酒。

（李宗华　译）

五

我们不需要追随指路人黑哲尔，
只承认他是与我们同路的先人。

（李宗华　译）

六

我是阿丹[1]后裔具有阿丹气质，
我公开宣告我沉迷在罪恶之中。

（李宗华　译）

七

虔诚不应以酒与蜜做引诱，
但愿有人将天堂掷进地狱。

（李宗华　译）

1　阿丹：伊斯兰教中对"亚当"的称呼，该教先知之一，《古兰经》中记载的人类始祖，是安拉用泥土造化的第一个男人。

八

人世间无易事，
人要做人亦艰难。

（李宗华　译）

九

欲望莫不是激情的渊源，
若无死亡生命焉有意义。
依我观察世界仅是儿童的游乐场，
我日夜都在静观世间事态的变化。

（李宗华　译）

十

烛光熄灭时尚会腾起青烟一缕，
我死后爱的烈焰余下漆黑一团。

（李宗华　译）

莫明·汗·莫明
（一八〇一年至一八五四年）

　　十九世纪上半叶杰出的乌尔都语抒情诗人。博学多才，精通历史、阿拉伯语、星相学和占卜术。他的抒情诗以爱情为主要内容。莫明抓住了爱情的特点，把爱情诗写得既风趣又感人，使读者感到是自己的心声。他的爱情诗不落俗套，描写思想情感细腻真挚，语言动人而清新，可以说是纯真的思想与优美而典雅的语言的有机结合。他具有运用词汇的高超技巧，比喻和叠字的运用使得他的诗歌生动灵巧。因此莫明被公认为杰出的艺术大师。

诗歌选译五首

(一) 她无动于衷

她无动于衷

我悲伤不停

她拒绝骂名

她依然不懂诺言与忠诚

别人都说

师言不虚

没人喜欢痛苦

可竞争，才会其乐无穷

我依然得不到你的爱

否则这世界便是天堂不成

她带走了我的心

除了爱你，这心也百无一用

考验我吧

直到激情放手

让老天不再与我为敌

和你说也没用，你根本不懂

我努力不懈，努力，每天都多一点

可依然得不到，虽然我只要一点

你就在我身边，好像

我身边只有你

想写信，告诉你我的心迹

可是心手本是一体，我如何用手写心

我不原谅那些情敌

谁说人同此情，情同此心

也许她宅心仁厚

可仍然难以牵手

救心只有隐忍丸

没有你，我还是无药可医

为什么莫名悲伤，她毫不在意

情人不是真主，这话已说到底

（二）我厌倦了，你讲了太多

我厌倦了，你讲了太多

我不要这些劝说，我的心给了你，便覆水难收

你另有所爱，我知道

我妒火中烧，你知道

无力，仿佛呼吸要离我而去

无力，只剩一丝游离的生气

爱的煎熬里，还要什么抚慰开导

你吞噬了我，这就是爱的味道

爱则目盲，世界消失了，我的眼中只有你

人生旅途坎坷，但我爱上了此行

我搜寻你的眼神，想发现一丝爱意

却被你看破，我的心已迷途

你是那朵茉莉，花香四溢

我痛恨那载香的清风，犒赏了我的情敌

一声叹息，晨曦中，杳无回音
风自飘零，孤寂，正如我心

情深入心，泪眼难见
只剩下谁的容颜

你的美如烟火，我的心追随你的飞逝
来了，烧红了天地，去了，只留下灰烬

我的信满纸心伤，你毫不在乎
还我的，却是别人的情书，你好生糊涂

扮好妆，你真的要做别人的新娘
我的爱恨填膺

此生足矣，只要吻一下你的眼睛
那让我想起黑色的玄石，在万人朝拜的天房

（三）你的怒气何来

你的怒气何来
难道在学我的乖张

我就是那薄情郎
对所有人都一个样

何必看我的嘴唇，我说什么，你永远看不懂
算了算了，我做了什么，想也没用

是你给了我自由

放飞的囚徒，何罪之有

黑夜静得可怕，我要听，哪怕还是你的责骂
你不懂，我的心，真的无法形容

至死我也没有学会顺从
现在，我要走了

都过去了，煎熬种种
苦亦回甘，莫再挂心

谁惯坏了你，生谁的气
那是昨夜了

不再呼喊你的名字，莫登楼
苍天在上，又是好个秋

（四）决心已定，从此孤独一生

决心已定，从此孤独一生
爱上，这就成了宿命

看人们笑语不停
刺痛了我，无力的我，泪从此不停

怎么了，别说，别对我说
我只祈求你，给我一点公平

如果我对生命还有期待
是的，我会祈求，会抱怨，只为那一点公平

这挣扎疲倦了，祈求爱再给我一点支撑
无力的挣扎，今天再来一次

你给了我自由
却没收了我的信仰

泪洒释怀，雨落云轻，但我做不到
我对你说，轻灵的像笑靥里闪电的轻灵

虽然疲倦无力，但我不想后退
你是这路的主人，发落只听你的号令

春天还远，花会开吗
我迫不及待，奔向远方的森林

在镜中偷看你的脸，那里何曾晴天
我怎能抱怨可怜的明镜，这尘埃何来

你的妩媚我知道，在那些人面前
我不要你的安慰，我可以哭得痛快

疲倦了，我终于可以放手
借天使的面纱，挡住我眼睛往你的去路

最后带走我心的，是陌生人
这颗心，竟比陌生人更加陌生

休再提起我的仇敌
如果信了诳语，便亵渎了我的虔诚

（五）有一天，你会落泪，就这样

有一天，你会落泪，就这样
你的心也会不能自拔，像我这样

我心机用尽，但无济于事
想见不能相见，不管怎样

我该如何形容你的美丽
无比，无双

听你说走开，别再多情自扰
我只当作甜言蜜语，只是你讲得乖张

见也彷徨，别也彷徨
心无可傍，还能怎样

爱听那些咒骂，只要它们出自你的嘴唇
我爱听，要听一生，就这样

是天意吧，那我就不会崩溃
那些痛苦灾祸，我不怕，一桩一桩

是去是走，我没了主意
不知所措，我没了方向

天涯处处芳草
谁能残忍，像你这样

我把生命交给暴虐的君王

谁还能活得，像我这样

（刘晓辉　译）

赫瓦加·阿尔塔夫·侯赛因·哈利

（一八三七年至一九一四年）

近现代乌尔都语诗歌的奠基人之一，和赛义德·艾哈迈德·汗、毛拉那·穆罕默德·侯赛因·阿扎德、纳齐尔·艾哈迈德以及毛拉那·希伯利·努马尼并称为"乌尔都语五贤"。

《伊斯兰的兴衰》最初发表于一八七九年，是一首印度穆斯林悲歌，讲述的是伊斯兰的兴起和衰落，旨在唤醒沉睡的民众，为复兴伊斯兰而奋斗。《伊斯兰的兴衰》全诗共二千七百三十六行，其中本诗为一千七百六十四行，增补为九百七十二行。这部作品诞生在赛义德·艾哈迈德·汗领导的印度穆斯林启蒙运动之中，对这场思想文化运动起到了推波助澜的作用。这首诗在伊斯兰世界有很大影响，对于研究十九世纪后半期的南亚穆斯林有重大意义。

伊斯兰的兴衰（节选）

蒙昧时代

如今闻名四海的阿拉伯
那时不过是孤远的半岛
它与时代完全脱节
没有国家也没有城池
文明之光尚未照耀此地
发展之音久久不能来临

飞沙走石，不见天日
热风肆虐，只见沙砾
山丘贫瘠，唯有蜃景
椰枣疏林，丛生荆棘
林无良田，仓无粒米
此即阿拉伯世界之往昔

先　知

那个以仁慈著称的先知
那个为穷人着想的善者
那个常救人于危难之人
那个总为他人分忧之士
他款待游荡的僧人，无家的老者
他收留丧亲的孤儿，解救了奴隶

他宽容大度，原谅犯错之人

在仇敌心田播下和睦的种子

他使贪婪不再，令争执停止

部族间如牛奶和蜂蜜般亲密

他从希拉山[1]来，为了民族

带来久经考验的良药一剂

他使生铜变成真金

教会世人明辨真伪

蒙昧百年的阿拉伯

一瞬之间脱胎换骨

船队不再惧怕风浪

把握方向，自由远航

穆斯林的崛起

风暴自麦加的群山间升起

如星星之火形成燎原之势

雷声响彻遥远的塔古斯河

暴雨倾落在次大陆的恒河

未曾遗落大地的任何角落

瞬间催绿真主的所有领地

知识的复兴

亚里士多德著作获得新生

被遗忘的柏拉图重现异彩

每一个城镇都变成了希腊

所有人都体会智慧的愉悦

---

1 希拉山：位于麦加近郊，是伊斯兰教圣地之一。

揭开蒙住宇宙之眼的帘幕
唤醒整个沉睡正酣的时代

探索学问

为装满酒杯寻访每间酒肆
为解决口渴走遍每条河流
如飞蛾围绕在光的四周
他们亦牢牢谨记圣训：
"将知识当作遗失的宝藏
一旦获得，要牢牢抓住。"

追求学问从不知疲倦
勤恳工作样样皆领先
农业技术无与伦比
游历世界举世无双
所有国家都模仿他建造楼宇
所有民族都学习他贸易经商

安达卢西亚[1] 哈里发帝国[2]

整个安达卢西亚变成一座花园
在繁花葱茏之间仍有他们痕迹
今日有人若想去当地一探究竟

---

1 安达卢西亚：伊比亚半岛最南的历史地理区，西班牙南部一富饶的自治区。意思是"汪达尔人的土地"。南临大西洋、直布罗陀海峡和地中海。

2 哈里发帝国：又称阿拉伯帝国（六三二年至一二五八年），中世纪地处阿拉伯半岛的阿拉伯人建立的伊斯兰帝国，唐代以来的中国史书均称之为大食。

能听到阿尔罕布拉宫[1]轻声吟诵:

"我的祖先来自阿德南家族[2],

我是阿拉伯给这片大地的赠礼。"

格拉纳达[3]展示着他们的罕见力量

巴伦西亚[4]呈现出他们的异秉天赋

巴达霍斯[5]铭记着他们的丰功伟绩

加的斯湾[6]悸动着他们的恢宏憧憬

沉睡的塞维利亚[7]如他们最终命运

忧伤的科尔多瓦[8]为他们日夜悲泣

谁愿去看一眼科尔多瓦的断壁

去看一眼,清真寺里门楣凹壁

去看一眼,汉志[9]富贵人家宅邸

1　阿尔罕布拉宫:为中世纪摩尔人在西班牙建立的格拉纳达埃米尔国的王宫。

2　阿德南家族:伍麦叶家族的祖先,伍麦叶家族是阿拉伯半岛麦加古莱什部落主要家族之一。

3　格拉纳达:格拉纳达是西班牙安达卢西亚自治区内格拉纳达省的省会,著名的摩尔人皇宫阿尔罕布拉宫就在格拉纳达。这座融汇着穆斯林、犹太教和基督教风格的著名历史古迹。

4　巴伦西亚:是西班牙第三大城市,位于东部沿岸地区,是港口城市和工业地区。

5　巴达霍斯:西班牙西南城市,埃斯特雷马杜拉自治区巴达霍斯省首府,在瓜迪亚纳河南岸,近葡萄牙边境。

6　加的斯湾:位于西班牙西南部海湾。

7　塞维利亚:是西班牙安达鲁西亚自治区和塞维利亚省的首府,是西班牙第四大都市。

8　科尔多瓦:十一世纪初为止是伊斯兰教主要都市之一,当时市内清真寺林立,高达数百,文化灿烂辉煌,盛极一时。

9　汉志:又译希贾兹。"汉志"是阿拉伯半岛人文地理名称,位于沙特阿拉伯王国西部沿海地带。因其辖区有伊斯兰发祥地麦加和麦地那而闻名于世。汉志地区是伊斯兰教和早期伊斯兰文化的发祥地,境内有麦加和麦地那两座伊斯兰圣城。麦地那城内有先知穆罕默德陵墓,城外有传说中哈娃(夏娃)的墓冢。

去看一眼，哈里发帝国的遗迹
在堆积尘埃之下深埋黄金光芒
在废墟残垣之中仍有荣耀往昔

巴格达[1]哈里发帝国

那座城市，那宝藏，世界之冠
它的货币可在五湖四海流通使用
它的城池掩埋着阿巴斯人的标志
阿拉伯的伊拉克，为天堂所妒羡
最终傲慢的劲风将它吹散
最终鞑靼的湍流将它带走

若有人愿前往倾听
粒粒纤尘都在诉说
那时伊斯兰太阳能照亮四方
那时这里的微风能吹醒万物
雅典的细沙从这里获得生命
希腊的美名从这里再次重生

那苏格拉底的哲思，伊索的才智
希波克拉底[2]的奥秘，柏拉图的课
亚里士多德的教育，梭伦的法律
都在某个古老的陵墓，深深掩埋
到这片土地，沉默的封印被解开
在这片花园，迷人的香气被唤醒

---

1 巴格达：伊拉克首都。曾是阿巴斯王朝的首都，伊斯兰世界的宗教中心。
2 希波克拉底：为古希腊医师，被西方尊为"医学之父"，西方医学奠基人。

天文学

在桑贾尔[1] 与库法[2] 的平原上

诞生大批天文地理观测员

制造推广了精密观测仪器

以有限部件观测无限宇宙

这时代至今伫立哀悼寻觅

阿巴斯王朝智慧宫之遗迹

从撒马尔罕[3] 到安达卢西亚

到处都设了他们的天文台

马拉迦[4] 城，与卡斯雍山[5] 顶

四方大地传来的声音追问

建造这些观星仪器的

伊斯兰天文学家们如今的去向

历史学

今日之研究者，历史学家

他们掌握绝妙的治学方法

他们博览全世界的书卷

他们精通这地球的奥秘

正是阿拉伯人启迪了他们智慧

---

1 桑贾尔：地名，位于伊拉克境内。

2 库法：城市名，位于伊拉克境内。

3 撒马尔罕：中亚古城，位于现今的乌兹别克斯坦。

4 马拉迦：也译马腊格，伊朗东阿塞拜疆省的一个城市。一二七二年，伊尔
   汗国在这里建立天文台。

5 卡斯雍山：也译卡松山，叙利亚大马士革北部一座山。

正是阿拉伯人教会了他们飞驰

那时，历史被黑暗笼罩
圣训之星辉被浓尘阻隔
理性之阳光被乌云遮掩
宗教之圣地被阴霾包围
阿拉伯人点亮指路明灯
所有商队轨迹顷刻明晰

阿拉伯雄辩术

雄辩之书尽皆枉费
修辞之路杳无人迹
罗马之光已然熄灭
波斯之火摇摇欲坠
忽然之间阿拉伯世界惊雷乍现
每双眼睛都被惊醒，若有所待

若你看到阿拉伯的华丽辞藻
听到那无与伦比的辩驳技巧
那行行诗句，能直抵人心
那场场演讲，如河水流畅
魔力的词句，迷人的格言
直至今日我们仍无法反驳

无人会写歌颂讽刺之文章
无人了解婚丧嫁娶之习俗
没有教育与政府公文的范本
语言与笔墨的宝藏还未挖掘
是阿拉伯人教会他们吟诵

是阿拉伯人引导他们演说

医 学

他们将医学知识传向四方
每个国家民族都受益匪浅
他们的盛名不止响彻东方
其研究对西方也影响深远
萨莱诺城[1] 医学校举世闻名
经此阿拉伯麝香传至西方

阿布巴克尔·拉齐，阿里·伊本·以撒
侯赛因·伊本·西那，令人尊敬的医圣
侯奈因·伊本·易司哈格，博学的牧师
齐亚·伊本·贝塔尔，药物学大家
这些名字在东方家喻户晓
也令西方的航船找到港湾

阿拉伯文艺科技

总之关于宗教和财富的知识
物理学，玄学，数学和管理学
药学和化学，工程学和组织学
政治，贸易，建筑和耕种工艺
随便你到哪里探访它们的源头
都会见到阿拉伯人留下的足印

---

1 萨莱诺城：意大利疗养胜地，古代曾有一所著名的医学院，后来成为欧洲
最早的医科大学。

阿拉伯的贡献

今日尽管阿拉伯花园已然荒芜
但是世间仍然流传阿拉伯颂歌
阿拉伯的雨露染绿了世界各地
阿拉伯的恩泽降临在每个角落
今日民族之林中遥遥领先者
其功绩亦应有阿拉伯的一份

一旦伊斯兰基本功课得以确立
穆斯林的日常行为就变得规范
如同已经提炼杂质的蜂蜜
或是不会经历氧化的纯银
伊斯兰的实干之人举世难觅
同一面旗帜在六个方向飞扬

当清澈纯净的泉水变浑浊
与真主之间的联系被打断
当呼玛神鸟[1]的荫庇已不再
则真主此前的预言俱成真：
我未曾毁灭世间任何一人
除非此人选择了自我毁灭

此刻艰难时光已然降临

1　呼玛神鸟：来自伊斯兰教神秘主义派别苏菲寓言传说中的神话动物，有称是一种鹰，亦有称它接近凤凰。据说它从来不着地，一生都在飞行。它在地球上飞的无限高，人的眼睛不可能看见它。呼玛鸟也被称为幸运鸟。据苏菲寓言，人若能看见呼玛鸟或者它的影子，一生都将快乐幸福。亦有传说称，这种鸟若是落在一个人的头上，这个人就将成为国王。

世间一切繁华顷刻散去
此刻袋中财富皆被挥霍
如何崛起，便如何跌落
一日之间良田烧作莽原
宇宙之中乌云笼罩如盖

财富与尊严都已失去
权力与地位也皆远离
知识与艺术一一辞别
一切优点，接连消失
既非遵从，亦非信仰
唯独余下伊斯兰之名

（薛晓云　译）

穆罕默德·伊克巴尔[1]
（一八七七年至一九三八年）

诗人、思想家、哲学家和社会活动家。他的诗歌是穆斯林在民族独立斗争中的号角。伊克巴尔的伦理意识、哲学思想和世界观，反映了殖民地国家在意识形态发展上民族觉醒的阶段，他的思想和著作被认为是穆斯林觉醒的象征。伊克巴尔的诗歌阐述了他的伦理意识和哲学观念。早期诗歌沿袭了穆斯林启蒙运动的传统，宣扬爱国主义，表达了殖民统治下人民的心声，充满了印度穆斯林传统的印度情感和自豪感，和对穆斯林历史功绩的颂扬。后看到穆斯林作为一个整体，正面临解体和覆灭的危机，一系列伊斯兰国家遭受劫掠和压迫的情景，意识到民族主义的某种弱点，决心脱离狭隘的民族主义观念，诗歌主题也随之发生改变。

1　该诗人诗歌译文均选自李宗华所著未出版资料《乌尔都语文学史》。

诗歌选译七首

一

折花人！你在花园里没有留下一片花瓣，
折花人真幸运，因为园丁们正争斗不息。

（李宗华　译）

二

关心国家吧，无知的人！灾难终将降临，
在天上正策划着毁灭你的计划。
你再不醒悟就必将被毁灭。啊，印度人！
在民族史中甚至不容收进你的故事。

（李宗华　译）

三

世界上最好的地方是我们印度斯坦，
我们是她的夜莺，她是我们的花园。
我们信仰的宗教并没有教我们互相憎恨，
我们是印度人，我们的祖国是印度斯坦。
唉，伊克巴尔！这人世间没有我的知心，
有谁能理解我的一片赤诚？

（李宗华　译）

四

啊，婆罗门！倘若你不介意请恕我直言，
你神庙里的神像早已陈旧不堪。
从神像那里你学会了自相残杀，
真主也默示他的布道人明争暗斗。
我深感厌恶，终于把神庙和清真寺全抛弃。
布道人放弃布道，你舍弃讲经。
你把每座石雕塑像视若神明，
你把每撮家乡泥土供作神祇。
……
来吧！把猜疑的帷幕再次揭去，
让被隔离的人重新团聚，抹去分歧的裂纹。
心灵的深处已被长久废置荒芜。
来，在这国度里重修一座湿婆庙。
让我们的神庙超越世界上一切神庙，
让新神庙的尖塔高接云天。
每日清晨神庙传出甜蜜的圣歌，
给全体信徒都斟上爱的美酒。
信徒的赞美诗蕴含和平与力量，
世间居民在爱中可以重获新生。

（李宗华　译）

五

民族好比躯体，人民好比民族的四肢，
民族的手足是衡量艺术创作的尺度。
政府管理机构是民族的美丽的面容，
音调铿锵的诗人是民族敏锐的眼睛。

躯体一处疼痛，眼睛就会哭泣，
眼睛是多么地同情整个躯体！

（李宗华　译）

六

在星星的那边将另有世界，
尚有别的场所可检验爱情。
在这太空中并不缺少生命，
那边同样有千百列商旅队。
切莫迷恋着这个花花世界，
别处同样有花园与巢穴。
即使失去一处亦无须悲伤，
同样仍有可供你叹息和恸哭之所。
你是苍鹰，你的使命是翱翔太空，
在你前方尚有无限的宇宙。
何必纠缠在这日月更迭的世界，
你同样还有另外的时间与空间。
我独自在协会消磨终日，
现在我这里已另有知音！

（李宗华　译）

七

伊克巴尔的歌好比驼队的铃声，
我们的商旅队又在大道上行进。

（李宗华　译）

乔什·马利哈巴迪
（一八九八年至一九八二年）

巴基斯坦现代诗人。出生于英属印度马利哈巴德。自幼受到诗歌的熏陶，十三岁开始创作诗歌。一九二五年开始在海得拉巴的奥斯马尼亚大学从事翻译工作，但因抨击政府而被驱逐。后为《言者》杂志写作，并积极投身争取印度独立的斗争中，其悼亡诗《侯赛因与革命》是其成为革命诗人的代表作品，在印度独立运动中发挥了重要作用，独立后印度政府授予其莲花勋章。因顾及乌尔都语在印度的发展前途，乔什于一九五八年移民巴基斯坦。一九八二年于伊斯兰堡逝世。二〇一三年巴基斯坦政府追授其新月勋章。主要作品有诗集《文学之魂》《神眷经典》《天窗地道》等。

诗歌选译两首

一

致东印度公司的后代们

生意人，今日有何巧言？

"闪耀吧，人性之光；站起来，自由的人

豺狼就是希特勒的模样

为了人类的未来，要把子弹上膛

秋风劲吹，凋零人性之花

野兽饱食，蹭去嘴角的血

拉赫什[1] 高傲的缰绳被希特勒掌控

德意志燃起的战火须以炮弹浇灭。"

觥筹交错间犹牵挂人类的未来

生意人的良心令我咋舌惊叹

循着金银的气息叩开印度的大门

莫不知自己终会受人宰割

难道印度没有自由的灵魂

只有欧洲的居民配称为人？

记否，沾满血与污秽的双手

记否，东印度公司肮脏的统治

印度洋因欧洲商船熙熙攘攘

印度斯坦的贫瘠却日复一日

你们拧断手工业者的拇指

以千里饿殍填平沟壑深渊

印度斯坦的经济活活窒息

1　拉赫什：菲尔多西《列王纪》中英雄鲁斯塔姆的坐骑，以忠诚和聪慧著称。

是你们的手扼住她的喉咙

真主啊！暴徒胆敢自诩为正义的伙伴

米尔·贾法尔[1]的誓言恐不止千金

记否，奥德[2]王冠的玫瑰饱受摧残

章西女王[3]的宝剑熠熠生光

德里皇帝流亡时仓皇狼狈[4]

猛虎提普[5]冲锋时万夫不挡

饥荒中倒下的人，你们拎起一个

带到皇帝面前的，可是他的子民？

土堡[6]的故事未曾忘却

如今轻易可烟尘漫天

觊觎皇帝的花园而今偿愿

哪顾阿赫塔尔[7]哀叹连连

铭刻脑海的累累罪恶务必坦白

别忘了仰光陵墓[8]的默默见证

高墙崩溃之梦

1　米尔·贾法尔：一七五七年普拉西战役中倒戈英军，致使孟加拉王公战败身亡。在英国东印度公司的支持下米尔·贾法尔成为孟加拉第二任王公。他的叛变被认为是英国正式殖民印度的重要一步。

2　奥德：位于北印度的小王国，在抗击英国殖民侵略的斗争中做出较大的贡献。

3　章西女王：名为拉克希米·葩依。丈夫死后继承其章西王公之位。在一八五七年印度民族大起义中，章西女王率领起义军抗击英国殖民者，曾重创英军，大大振奋了各地起义者。最后因寡不敌众牺牲，年仅二十三岁。

4　一八五七年印度民族大起义中，起义军解放德里，拥立莫卧儿皇帝巴哈杜尔沙二世，号召全国反英。后来在英军的猛攻下德里陷落，巴哈杜尔沙二世被流放缅甸。

5　猛虎提普：南印度迈索尔王国的苏丹，作战勇猛，多次击败英国东印度公司，被称为"迈索尔猛虎"。

6　土堡：位于印度加尔各答，奥德王公瓦济德·阿里·沙流放之地。

7　阿赫塔尔：此为音译，意为"星辰"。

8　陵墓：指巴哈杜尔沙二世的陵墓。

祈祷声回响，动摇监狱的高墙

囚犯们厌恶了黑暗，挣断锁链

他们在高墙下缓缓聚拢

胸中激雷万里，眼里火光似剑

大炮冰凉，饥饿的人们目如火炬

扼住命运的喉咙，打翻身一仗

乞丐眼里渗血，国王面色蜡黄

毁灭的号角吹响，礼拜声中暗流涌动

他们是否知晓，虔诚的灵魂被镇压

黑蛇在地上翻腾，利剑自天空倾泻

他们是否知晓，日复一日地榨取人民

终有一天人民将燃尽鲜血来反抗

他们是否知晓，不厌其烦地防民之口

终有一天死寂的市井将迎来洪水滔天

将颤抖的高墙扶住吧，抓捕自由的囚徒吧

将溃烂的高墙修补吧，畏惧粉碎的锁链吧

（陶锐　译）

一 [1]

暮色渐深，当悲伤弥漫心间

蓬头啜泣，对空巷诉说哀思

血泪汩汩，在黄昏浑浊的空气里

蔷薇园的中央，当秋风造访

当她的脸上树叶沙沙作响

不禁想起青春昏沉的景象

1　抒情诗。

日落前，当万物倦怠萎靡

黑暗中，她披上悲伤的罩袍

离开城市，造访幽秘山谷

在蜿蜒如虹的河岸睡去

我的心中，当波澜沉寂

不禁唤醒青春的涟漪

那时山麓没有花

只有林间夜里孤零的鸟鸣

庭院澄澈的月光陪着哭泣

和破败的青楼半开的窗

夜半时分，当风起凌厉

不禁忆起青春沙哑的模样

审判日的车轮滚滚，我愿为你拦下

为你诵念赞诗，为你消弭天怒

顺从他的心意吧，换来世界的安宁

在我眼里，阿丹乐园的秘密只在于你

众人围坐欢歌，你我四目相接

你我对答唱和，众人面面相觑

花木故作娇羞，唯你傲然独立

暮色浸染万物，独留你的绝代风华

焦虑寻觅你青春的踪影

又满心期待它俏皮地躲藏

你若应许，我便向世界宣告

我何尝不想揭开面纱，而你总遮遮掩掩

柔弱如草根也可撼天动地

何况我那渴望你的心

紧闭湿润的双眼，害怕你转身不见

我要忘记想念，免受相思断肠苦

历史大河里人类步履蹒跚

多少次刚刚站稳转身即刻跌倒

无论眼见多少真实，即使洞悉形势

四面楚歌重重也能乱人阵脚

我们赞赏誓不妥协，但那劝说者啊

他的造访莫不让人惊惶

清风历经万难而蜕变扶摇

也吹不散房前缕缕炊烟

人之常情，为何要与他抱怨

厄运降临也能回想昔日的欢愉

花蕾亦要迎接命运

绽放的绚丽昭示凋零

知晓结局也不屈自然之力

黑暗里含苞而待黎明

（陶锐　译）

费兹·艾哈迈德·费兹
（一九一一年至一九八四年）

　　进步主义文学运动时期乌尔都语著名诗人。其诗歌有鲜明的现实主义色彩，以反对落后的社会制度和追求民主与光明为基本主题。一九四一年，费兹的第一部诗集《怨诉之形》出版；一九五一年，费兹被指控与"拉瓦尔品第阴谋"有染而被捕入狱。狱中，费兹坚持写作，留下了许多极具现实批判性和社会影响力的作品。作为一位杰出的诗人，亦是进步文学运动代表人物，费兹·艾哈迈德·费兹的诗歌至今仍在巴基斯坦百姓中有着深远的影响。

形　状 [1]

（一）

深夜，本已平息的想念又汹涌了起来。
一想到你，便如
春意轻轻扶过荒野
晓音悄悄划过大漠
安逸默默环过病躯

（二）

莫哀于笔墨纸砚的废弃
我还有浸透心血的手指

莫悲于封口钉舌的酷刑
枷锁之牢不止言的脉搏

（王乾宇　译）

1　专题诗。

爱人啊，我再不能付你如初的爱情

爱人啊，我再不能付你如初的爱情

我本视你作生命之光：

你莞莞一蹙，胜却举世烦忧

你翩翩踏来，好似春意永驻

你轻轻闭目，敌过万物失色

有伊伴身侧，便信缘分天定

可造化弄人，我日日思君却不得

除去爱恋，世间空留凄苦

罢了缱绻，徒赚形影相吊

爱使人疯，至于披上锦绣华服，在世纪黑暗里狂舞

爱使人微，至于跌进血染尘埃，在市井幽巷中踌躇

然后不惜病入膏肓

然后无惧伤口流脓

你归来，怎不赐我一次邂逅？

你索魂，怎不允我一眼芳容？

哎，除去爱恋，世间空留凄苦

哎，罢了缱绻，徒赚形影相吊

爱人啊，我早将真心剜去，再不能付你如初的爱情

（王乾宇　译）

独

彼时心碎，从此无思
但有旅伴，便随其行
行至夜寂，暗魇渐清
房殿不应，幽烛独翩
道终有径，阡陌自眠
尘土无名，足印殁现
对红剪蜡，添酒消愁
顽门扰梦，闭户平忧
此时心寂，从此无思

（王乾宇　译）

发　声

发声，从你自由的唇
发声，用你自由的舌

君子以自强不息
生命不止，便要大胆发声

看那铁炉里的烈火，
火愈烈，钢愈强

声之所至，枷锁自开
声之所至，囚链亦断

发声，瞬时即爆发出巨大威力
趁身没黄土之前

趁真理尚存之际，勇敢发声
发声！心之所想，口之所言！

一九五一年

（王乾宇　译）

笔　墨

我们勤勉于笔墨之功
心之所想，付之于笔下

随爱与悲的丰盈而作
叫荒凉的时光也柔和

来日辛苦不减
暴君的压迫徒多

虽能忍受这辛苦与压迫
却当治愈这辛苦与压迫

酒馆尚存，就要在酒色绯红中书写信仰
心血尚涌，就要让热泪肆意席卷面容

隐忍，则暴君日益骄纵
发声，我们责无旁贷

（王乾宇　译）

思　念

寂寞化作荒漠，我心在其中瑟瑟颤抖

笼于你声音的巨霾，陷于你薄唇的幻影

寂寞化作荒漠，消解了远途之苦

你笑靥如花，那花优雅灿烂

你靠近，呼吸的温暖拂过我脸颊

还有那阵阵清香，像焚甘一样

仿佛地平线边的明星悄悄陨落

化作你明媚的泪

哎，有爱如你，多么美好

每当对你的思念轻轻爬上我的心扉

我都辗转反侧迎接一个不能相见的黎明

多盼我能跳过这难耐的白天，再在夜里与你相见

（王乾宇　译）

铁　窗

我的铁窗上，印着无数十字
每一个都沾上以撒的鲜血
每一个都染着真主的深情

有的上头溺亡过春云
有的上头囚禁过月光
有的宛若浸毒的枝条
有的谋害了渺渺晨铃

但愿某天仁爱之神降临
降临到这沾满我鲜血的忧伤之牢
当她来到我面前
我便将那些烈士的躯体安送到她身边

一九五四年九月

（王乾宇　译）

自达卡归来

乍到时邂逅知音

离别时已是挚友，得礼遇相待

何时能再见这里无瑕的青葱？

何时能洗净血液里淌的哀愁？

无情的时光里，深情的痛苦慢慢消失

多情的黑夜后，又是一个个爱的黎明

不知为何，受伤的心灵一刻也不得闲

它们费力祈祷之后又忙于怨泣

费兹啊，内心的倾诉是对生命的安抚

那是超越了语言的最终话题

一九七四年

（王乾宇 译）

游子沉吟

游子各歧路，天涯共沾襟

闻讯知沦落，远国路万千

孤魂离家去，侧头唤街名

巷深不回音，城影更无情

问君向何处，唯知故乡滨

辗转思前路，日夜不成眠

但与乡曲应，再与乡曲应

至此忽忘言，徒怪孤夜袭

万物皆可弃，只求归故里

扪心知无愧，梦回门前溪

一九七八年

（王乾宇　译）

艾哈迈德·纳迪姆·卡斯米

（一九一六年至二〇〇六年）

　　出版了十二部诗集，其诗歌具有体裁多样、题材广泛、与现实联系紧密、类型丰富、语言优美、时代感强等特点，既描写了旁遮普农村的旖旎风光，年轻男女的纯真爱情，也反映了下层劳动人民的苦难生活，表现了以农牧民、船夫和苦力等为代表的农村、城市下层人民所遭遇的种种不公，很多诗篇饱含对自由和民族独立的向往，对战争和冲突的恐惧和憎恨，对和平和美好生活的期待等。一生获得很多荣誉，一九六八年荣获巴基斯坦政府颁发的"最佳表现奖"，一九七九年在印度德里获得"伽利布奖"，一九八〇年获得巴基斯坦公民的最高荣誉"卓越之星"称号，一九九七年获得巴基斯坦文学研究院的"终身成就奖"等，并被尊称为"乌尔都语文学之父""文坛先驱"。因在诗歌中表现旁遮普地区农村的人文风俗等内容，被誉为"旁遮普的乡村歌手"。

片　刻

无路可走

黑暗凝结

然而内心笃定之人

坚持着如此的信仰

积雪融化之时

破晓之际

此后的太阳

谁能阻挡

一九六六年十二月

（张亚冰　译）

相　识

刚刚从这里走过的那个幽灵

多少年来

每一天

都在这同一时刻

从这里——就从这个转角经过

昨日我前去与他相识

他从我身边边走边说

时间就是我的名字

我的工作就是前行

一九七七年七月

（张亚冰　译）

旅　行

被人们揣在心间相伴而行的太阳

不知在哪儿熄灭了

人们将自己的手掌如油灯般点燃

有多少人，就有两倍的灯光和暗影

路上残肢断影散落

脚步下噼里啪啦骨裂声四起

天空被如此的静谧笼罩着

仿佛一发出声响便会崩塌一般

就好像是这一空间的一部分

这里除了声音的坟墓，别无他物

声音的坟墓

愿望的坟墓

鲜血中浸浴着的跪地祈祷者的坟墓

一九六九年十一月

（张亚冰　译）

哀 歌

长久以来
眼中的湿润
浪静，无漪
其上
青苔悄无声息地蔓延之时
若有些阻碍
那有可能
是我心灵的哀歌吧

一九八三年十二月

（张亚冰 译）

血

霞光，红酒，火花，玫瑰，脸颊，胭脂

这些都是我艺术的装扮

洗涤了真相的痛苦

鲜艳了诗歌的色彩

青春是我诗歌生动的绯色

眼中真理也浸染了红酒的色彩

但纳迪姆——这无情的真理

使我昏昏入睡

我的眼神落在朋友的寝室

但又从那里跌跌撞撞而回

抓不住永恒伟大的真理

灵魂在心中沙沙作响

霞光，红酒，火花，玫瑰，脸颊，胭脂

色彩蔓延着，我却毫无觉察

变成了一种光芒般的颜色

没有它青春与爱情将不复存在

生命如新娘般用这种颜色装点

它又产生了另一种颜色

大地之心即将破碎，血液将要喷涌而出
时代希冀的和平将难觅其踪

一九四六年

（张亚冰　译）

一阵尖叫

昨夜听到一阵尖叫

一声一声凄厉反复

从小巷中旋风般飞舞

响彻城市

打破了寂静的魔咒

震颤了大地

我扔掉笔冲到门口

刚要打开门

手指却僵住了

眼神凝固了

忽然从巷子深处

传来几声笑声

此起彼伏的笑声中裹挟着

硬币叮当作响的声音

一九四一年

（张亚冰　译）

核战后的一幅景象

如此沉寂中光芒窒息而亡
如此黑暗中声音凝固石化

仿佛太阳永不再升起
即便升起也无法打破这种荒寂

一丝声响都无法冲破黑暗
钟鸣不再，宣礼声已亡

沙丘已成为幽灵的集散地
森林已变成吞噬一切美好的火葬场

山上浓烟滚滚，田间尘土弥漫，河床干涸龟裂
海中沸腾而起的熔岩吞噬着岸上的一切

昨日的城市，今日已似千年废墟
一日间度过了多少悲哀时光

无首的幽灵仍坐在庭院中
毁灭地球的刽子手！他们也是你的同胞兄妹！

一九六九年十一月

（张亚冰　译）

诗　歌

多么奇特的诗人
憎恶自己的母亲

美丽的景象
在眼前之际

多么傲慢地
在诗中表达

青草、鲜花、小溪、云朵
皆是虚无

香味清澈明亮
光芒芬芳柔暖

多么有趣的一幕
却又如此虚无

一九七五年八月

（张亚冰　译）

生命之谜

朋友，人生如此神秘

但此秘密由何存在
没有火何来烟？
花苞怎能离开枝蔓！
月光缘何无存！
人生只是幻觉
如旋转银河般
灵魂的骚乱也是生命之秘
心灵的纠缠也是生命之秘
灵魂天性中的不安
那是人内心的秘密
阿丹的后代为何要承受苦痛
如果人生只是秘密

朋友，人生如此神秘

一九四三年

（张亚冰　译）

沉 思

黑夜来临，寂静笼罩
羊爬上岩石咩咩地叫
牧羊人在沉思什么
都忘记要拯救那幼小的生灵

（张亚冰 译）

魔幻夜晚

月在远方湖中嬉戏
月光洒落群山之间
山洞中一个不幸的牧羊人
泪水中唱起一支歌来

（张亚冰　译）

陪　伴

谁言我命孤独

我认同

我的一生

在无边的沙漠中度过

那里风沙肆虐

如同城市中如织的人流

但我数次看到，每次风暴中

沙丘也与我如影随形

（张亚冰　译）

译后记

  语言，既是人类表达思想的符号，又是一种思维模式，甚至是世界观的体现。对它的继承与运用，不断影响着社会文化的变化与发展。作为巴基斯坦的国语、官方用语，和南亚次大陆的主要语言之一，乌尔都语的诞生与发展伴随着伊斯兰文化在南亚次大陆的传播与融合。乌尔都语从历史渊源上汲取了突厥－察合台语，从宗教上汲取了阿拉伯语，从文学上汲取了波斯语，从社会生活上汲取了印度次大陆本地语言等的精华。这门语言既是人类迁移、文化传播的产物，又是文化融合、思想交汇的缩影；既满足了人们社会生活的切实需求，又传达了特定人群的内在感受与诉求。

  诗歌，抒情言志。人活于世，观物在心，内生其感，外发其声。这是人类在社会生活中塑造出的精神世界通过语言文字的艺术表达。文字的布局，辞藻的运用，韵律的限制，主题的选择，等等，无一不透露诗人——社会群像的代表之一，与社会乃至时代的互动、关联。因此在某种程度上可以说，诗歌既是私人的，又是时代的。私人化在于其引发的共鸣与感受同单个读者的个人经历和品位角度息息相关，时代化在于其引发共鸣的广度与深度同社会大环境及时代特色的密不可分。于是，对同一首诗作，每个人心中都可以有自己的解读。对广为流传的名品佳作，在有个人体验的同时，一定会有与他人产生共鸣之处。因此，关注人类命运、涉及时代发展、触动心灵深处的共同主题与艺术表达，无所谓时间空间的限制，无论去到哪里，走到何时，都会被人们热情拥抱，欣然传诵。

  创作一首诗不易，读懂一首诗更难，翻译诗歌，难上加难。面对如此艰巨的任务，在一己之力所不能及的前提下，化繁为简，用一腔热爱弥补语言转换上的不足，是我们斗胆迈出这一步的支柱之一。更强大的支柱，是国内前辈专家的指引与鼓励，是巴铁专家的指点与把关。中国国际广播电台的刘晓辉老师是乌尔都语诗歌的爱好者，更是翻译乌尔都语诗歌的个中高手。他爽快的加入与热情的支持给了我们莫大的信心，翻译队伍一下子有了旗手，激发了队友深藏在心中的勇气。同是国际广播电台乌尔都语组的薛晓云老师本就是文学功底深厚的才女，她又凭借扎实的乌尔都语使许多灵气逼人的诗句跃然纸上。在这支由北京大学外国语学院乌尔都语专业老师及校友组成的翻译队伍中，如今在北京外国语大学和广州外语外贸大学任乌尔都语教师的袁雨航老师和李方达老师，是极其优秀的两位青年教师，在教学科研任务繁重的"青椒"生活中，保质保量地准时交付了译作，为人为师为友，山高水长。另外特别值得一提的是钱华、陶锐、王乾宇三位二〇一四级北京大学乌尔都语专业本科在读生，交托任务时，三位同学正在巴基斯坦首都伊斯兰堡的国立语言大学乌尔都语系留学，在三个多月的学习期间，他们不仅在老师的帮助指导下认真出色地完成了翻译任务，而且获得了留学院校极高的赞誉。他们的为人、态度、能力、勤奋与付出，为中国青年、北大学子在海外树立了极佳的形象。最后，要最最感谢在此翻译项目中付出最多的北京大学乌尔都语教研室的张亚冰老师。亚冰老师做事一贯认真，正是她的完美主义与全力付出，让我们在初期可以拿出一份初级圆满的译作选集，并可以在培育我们掌握"独门技能"的诗一般美丽的燕园即将迎来一百二十年华诞之际，献上一份心意。母校日日的生机盎然时时刻刻在告诉我们：诗不在远方，眼前从不苟且。

巴基斯坦是一九四七年在南亚次大陆上以伊斯兰教为识别分离出来的独立国家，后来乌尔都语随之成为这个以穆斯林为主体的国家的国语，现在正在致力于充分发挥其官方语言的作用。因此，国别只是划分诗歌的一个地理及主权概念，语言作为诗歌的承载体，可能在推介诗歌及其背后的历史文化中作为定语更为贴切。于是，项目初始，我们与国内外乌尔都语专家商议后决定，以十二世纪至十三世纪阿米尔·胡斯鲁所采用的乌尔都语早期雏形"混合语"诗歌为开端，依时间顺序一直选译到当代著名文学家卡斯米的诗作收场，希望可以展现出这个"年轻"国家背后深厚的底蕴及历史发展中宗教、政治、社会文化等方面的诸多影响。

最后，通过这本简短却用心甄选的诗歌作品选集译本想传达这样一个信息，诗歌在巴基斯坦民众生活中占有举足轻重的地位。在这个国度里举办诗会的频率之高令人难以想象且极具影响力。诗歌在文人政客公众表达中的引用率，远远超过了任何其他文学体裁中的代表作。一个如此热爱诗歌的国度，一个善于用诗歌抒情表意的国度，不应淹没在被西方"强势"

文明、"优越"文化扭曲后的形象中。地缘让这片土地自古以来不断成就了文化的交融与碰撞，也难免时常陷入战乱与分割的泥潭，但半个多世纪来多彩诗歌的熠熠生辉，依然像光一样照亮着这片圣洁土地上善良人民的心。

初次笨拙的尝试，一定还存在诸多以难以尽如人意之处，望海涵，盼雅正！

张嘉妹

二〇一七年夏

总　跋

经过两年多时间的筹备与组织，"'一带一路'沿线国家经典诗歌文库"终于将陆续付梓出版，此刻的心情复杂而忐忑，既有对即将拨云见日的满满期待，更有即将面见读者的惴惴不安。

该项目于二〇一五年下半年开始酝酿，其中亦有不少波折和犹疑。接触这个项目的所有人都无一例外地认为，这是应该做而且只有北大才能做的事情，也无一例外地深知它的难度。

"一带一路"跨度大、范围广，多语言、多民族、多宗教、多文明交融，具有鲜明的文化多样性特征。整个沿线共有六十余个国家，计有七十八种官方或通用语言，合并相同语言后仍有五十三种语言，分属九大语系。古丝绸之路尽管开始于政治军事，繁荣于商旅交通，但其更重要的意义在于促进了人类文明的交往。它连接了中国、印度、波斯和罗马等文明古国，跨越埃及文明、巴比伦文明、印度文明、中华文明的发祥地，是东西方文明交流互鉴的重要通道。

如何更好地展现"一带一路"沿线人民的文化特质和精神财富，诗歌无疑是最好的窗口。诗歌是文学王冠上的明珠，精敛文学之魂魄，而经典诗歌则凝聚着各个国家民族的文化精神和文化理想，深刻反映沿线国家独有的价值观和对世界的认识。长期以来，中国学界和出版界一直比较重视欧美发达国家诗歌的译介与研究，对发展中国家尤其是一些弱小国家的诗歌研究存在着严重忽略的现象。我们希望通过对"一带一路"沿线国家经典诗歌的研究，深刻地了解一个国家，理解它的人民，与之建立互信，促进国内学界对"一带一路"沿线国家文学、文化和文明的了解，弥补我国诗歌文化中的短板，并为中国诗歌走向世界提供思路和借鉴，从而带动与"一带一路"沿线国家的深层次交流，为中国的对外交往和"一带一路"倡议的实施提供人文支撑。

北京大学外国语学院组织国内外相关领域的专家学者，于二〇一六年一月，正式启动"'一带一路'沿线国家经典诗歌文库"项目。该项目以北京大学人文学科的优良传统和北大外语学科的深厚积淀为基础，以研究和阐释"一带一路"沿线国家厚重的历史、文化内涵为己任，充分发挥本学科在文学、文化研究领域的传统优势和引领作用，积极配合和支持国家的"一带一路"倡议，为中外优秀文化的研究、互鉴和传播做出本学科应有的贡献。

北京大学外国语学院牵头组织的"'一带一路'沿线国家经典诗歌文库"项目，旨在翻译、收集、整理和编辑"一带一路"沿线六十余个国家的诗歌经典作品，所选诗歌范围既包括经典的作家作品，也包括由作家整理的、具有广泛影响力的史诗、民间诗歌等；既包括用对象国官方语言创作的诗歌，也包括用各种民族语言创作、广泛传播的诗歌作品。每部诗集包括诗歌发展概况、诗歌译作、作者简介等三个部分。

在此基础上，形成由五十本编译诗集构成的"'一带一路'沿线国家经典诗歌文库"第一批成果，这将弥补中国外国文学界在外国诗歌翻译与研究方面的不足，特别是对部分"一带一路"沿线国家的经典诗歌开展填补空白式的翻译与原创性研究工作具有重大意义，同时对沿线诸多历史较短的新建国家的文学史书写将具有十分重要的价值。

该项目自启动以来，先后成立了编委会和秘书组，确定项目实施方案、编译专家遴选以及编选的诗歌经典目录，并被确定为北京大学一百二十周年校庆的重要出版项目之一，得到学校、校友及社会各界的大力支持，建立起以北京大学外国语学院为核心，汇集国内外相关领域知名专家学者、翻译家的翻译、编辑团队，形成了一个具有高度共识和研究能力的学术共同体。

在这个共同体中的每个人都是幸福的，与诗为伴，以理想会友，没有功利，只有情怀。没有人问过我们为什么要做，每个人只关心怎样可以做得更好。无论是一无所有之时还是期待拿到国家出版基金支持之日，我们的翻译团队从没有过犹豫和迟疑，仿佛有没有经费支持只是我一个人需要关心的事情，而他们是信任我的。面对他们，我没有退路，唯有比他们更加勇往直前。好在我一直是被上苍眷顾和佑护的人，只要不为一己之利，就总能无往不胜。序言中，赵振江教授说了很多感谢的话，都代表我的心声，在此不再重复。我想说的是，感谢你们所有人，让我此生此世遇见你们。如果可以，我还想在此感谢我的挚爱亲人，从没有机会把"谢谢"说出口，却是你们成就了今天的我。

希望通过我们台前幕后每一个人的努力，把"'一带一路'沿线国家经典诗歌文库"项目打造成沿线国家共同参与的地域性的文化精品工程，使"文库"成为让古老文明在当代世界文化中重新焕发光彩、发挥积极作用的纽带和桥梁。

人也许渺小，但诗与精神永恒。

宁　琦

写于二〇一八年"文库"付梓前夜，北京

图书在版编目（CIP）数据

巴基斯坦诗选 / 赵振江主编；张嘉妹，张亚冰编译 .—北京：作家出版社，2019.8（2019.9重印）

（"一带一路"沿线国家经典诗歌文库 . 第一辑）

ISBN 978-7-5212-0473-5

Ⅰ . ①巴⋯ Ⅱ . ①赵⋯ ②张⋯ ③张⋯ Ⅲ . ①诗集－巴基斯坦 Ⅳ . ① I353.2

中国版本图书馆 CIP 数据核字（2019）第 067414 号

巴基斯坦诗选

主　　编：赵振江
副 主 编：蒋朗朗　宁　琦　张　陵
编 译 者：张嘉妹　张亚冰
选题策划：丹曾文化
责任编辑：懿　翎　徐　乐
装帧设计：曹全弘
出版发行：作家出版社有限公司
社　　址：北京农展馆南里 10 号　　　邮　　编：100125
电话传真：86-10-65067186（发行中心及邮购部）
　　　　　86-10-65004079（总编室）
E-mail:zuojia @ zuojia.net.cn
http://www.zuojiachubanshe.com
印　　刷：北京通州皇家印刷厂
成品尺寸：160×240
字　　数：182 千
印　　张：9
版　　次：2019 年 8 月第 1 版
印　　次：2019 年 9 月第 2 次印刷
ISBN　978-7-5212-0473-5
定　　价：33.00 元